『十三五』國家重點圖書出版規劃項目

2011—2020 年國家古籍整理出版規劃項目

2020 年度國家出版基金資助項目

國家社會科學基金重大項目『國家圖書館藏未刊稿整理與研究』（13&ZD107）

國家出版基金項目
NATIONAL PUBLICATION FOUNDATION

國家圖書館藏未刊稿叢書

主編 劉玉才 陳紅彦

書札編

葉德輝致松崎鶴雄書札

葉德輝 著
孫俊 整理

鳳凰出版社

圖書在版編目（CIP）數據

葉德輝致松崎鶴雄書札 / 葉德輝著；孫俊整理. -- 南京：鳳凰出版社，2021.8
（國家圖書館藏未刊稿叢書 / 劉玉才，陳紅彦主編. 書札編）
ISBN 978-7-5506-3354-4

Ⅰ. ①葉… Ⅱ. ①葉… ②孫… Ⅲ. ①書信集－中國 Ⅳ. ①I264.9

中國版本圖書館CIP數據核字（2020）第261635號

書　　名　葉德輝致松崎鶴雄書札
著　　者　葉德輝著　孫俊整理
責任編輯　王　劍　姜　嵩
裝幀設計　姜　嵩
出版發行　鳳凰出版社（原江蘇古籍出版社）
　　　　　發行部電話 025-83223462
出版社地址　江蘇省南京市中央路165號，郵編：210009
出版社網址　http://www.fhcbs.com
照　　排　南京新華豐製版有限公司
印　　刷　南京凱德印刷有限公司
　　　　　江蘇省南京市江寧濱江開放區寶象路16號，郵編：211161
開　　本　787毫米×1092毫米　1/16
印　　張　19.75
字　　數　344千字
版　　次　2021年8月第1版
印　　次　2021年8月第1次印刷
標準書號　ISBN 978-7-5506-3354-4
定　　價　448.00圓

《國家圖書館藏未刊稿叢書》編委會

序

中國國家圖書館以庋藏中國古籍善本宏富著稱，其中宋元舊槧、珍稀印本，向爲學界推重，頗獲利用。相較之下，約佔館藏善本總量三分之一的寫本類文獻，利用還遠遠不够，堪稱有待發掘的文獻寶藏。國圖藏寫本文獻以著作稿抄本爲主，兼及日記、書札、題跋、校語、文書檔案等類文字形式，因多爲唯一傳本，故有別於刊印文獻，具有獨特的文物、藝術和文獻價值。根據館方專家調查，〔一〕館藏宋元抄本即有十五部，明抄本則多達一千二百四十六部，其中一百七十餘部爲内府所抄。如宋仁宗親撰《洪範政鑒》，僅此一部内府抄本秘藏宫内，從無刊刻傳抄，彌足珍貴。明嘉靖間《永樂大典》抄本，世存殘卷亦以國圖收藏最夥。許多早期抄本與原本成書年代接近，而原本或有亡佚殘缺情形，抄本遂具有無可替代的校勘與輯佚價值。國圖所藏明清抄本中，著名學者、藏家抄本佔有相當比例，許多是影抄宋元舊本和珍稀本，僅毛晋汲古閣影抄本即有近八十部。在清抄本五千餘部中，還包括有盧文弨、鮑廷博、吴騫、翁方綱、陳鱣、黄丕烈、焦循、管庭芬、楊守敬、王國維等名家手稿本。著作類稿抄本之外，國家圖書館還藏有明清以至民國一百五十餘家日記稿抄本，三四百種書札文獻，數

〔一〕陳紅彦《國家圖書館藏抄本述略》，《國家圖書館學刊》，2016年第4期。

千款金石題跋，以及數量不菲的圖卷題詠、批校文字、文書檔案等類寫本文獻。上述寫本文獻，除部分著作抄本之外，大多未經刊行，均可歸爲未刊稿之列。

寫本文獻存量稀罕，往往具有孤本性質，加之多數未經整理，字迹辨識不易，閱覽亦不方便，這都成爲限制其發掘利用的重要原因。有鑒於此，我們組織國家圖書館古籍館與北京大學中文系合作的學術團隊，在對館藏寫本文獻全面調查的基礎上，首先選擇具有重要學術價值、讀者利用不便的未刊文獻，予以整理刊布。並在國家社科基金申請設立『國家圖書館藏未刊稿整理研究』重大課題，以保證整理研究工作的實施。經過課題組同人的共同努力，陸續完成部分階段性成果，今擬分作日記、書札、金石題跋、題贊手卷、中法漢學研究所、著作諸編，依次予以刊布。

《日記編》整理收録顔懋价、葉鈞、張廷濟、何紹基、趙宗建、黄彭年、江標七位清人未刊稿本日記。其中如黄彭年、江標，不僅參與過重大政治活動，在學術領域亦有較高成就，屬於政學兼通的重要歷史人物。黄彭年《黄陶樓先生日記》、江標《笘誃日記》，所載均長達數十年，可稱一生行迹的詳盡記録，涉及朝章典故、交遊見聞、日常讀書生活等諸多内容，極其豐富。張廷濟《張叔未日記》、顔懋价《顔脩來日記》、葉鈞《壺中日記》、何紹基《東洲草堂日記》、雖然記述時間不長，但是内容各有所長，據之不僅可以考察日記主人的生平交遊，還可豐富清代學術史的場景。晚清藏書家趙宗建的《舊山樓日記》《非昔居士日記》《庚子非昔日記》，内容跨越清同治元年（1862）至光緒二十一年（1895）共三十多年的時間，記録了趙氏的日常生活、藏書收購及與衆多友人交遊情形，還有對圍剿太平軍的見聞記述，頗能反映江南地方士人的生活與眼界。

《書札編》從館藏各類書札文獻中選取黄彭年、趙宗建、張蔭桓、袁昶、王懿榮、吴重憙、繆荃孫、葉德輝等十餘家往還書札，予以整理刊布。因所涉人物都是晚清、民國間重要官員和學術文化界名流，書札内容豐富，且未經前人揭示，具有無可替代的文獻價值。如《黄子壽先生遺札》收録清光緒年間黄彭年在江蘇布政使任内與按察使朱之榛之間往來信件六十七通，涉及漕運與海運之流弊、來蘇流民之安置、正誼書院並藏書樓之籌建等諸多政務。黄彭年著述宏富，但大多未經刊布，本課題同時整理其日記、書札，預期將會推動學界對黄氏的深入研究。《趙宗建友朋書札》收録趙宗建光緒年間所撰詩歌、隨筆、抄經、墓誌銘、祝壽帖及其友人李芝綬、季錫疇的書札共一百四十餘件，不僅内容豐富，還可與《日記編》所收趙氏三種日記互相參照，促進學界對這位重要藏書家的全面研究。《袁昶友朋書札》收録劉履芬、丁丙、馮煦、孫詒讓、楊守敬、沈曾植、戴望、張謇、李文田、孫衣言、張鳴珂、張之洞、陸潤庠、王頌蔚、王懿榮、翁同龢等人信札二百餘通，袁昶親自整理粘貼爲十二巨册，涉及歷史人物衆多，堪稱是晚清學者的群體資料。《王懿榮往還書札》收録王懿榮與師友、親屬往還書札數百通，基本可以反映其後半生的主要經歷與交遊關係。王懿榮光緒年間授翰林院編修，三任國子監祭酒，博覽書史，精於鑒藏，與當世金石學者來往密切。書札所涉人物包括潘祖蔭、陳介祺、繆荃孫、吴大澂、盛昱、汪鳴鑾、孫汝梅、黄紹箕、吴重憙諸名流，以及女兒女婿等家人。書札内容多爲討論金石碑拓釋讀、古籍收藏、科舉學問，以及時務政治、爲人處世、家務瑣事，據之可以考察同光時期精英士大夫鑒藏金石之風尚，以及業餘生活趣味的豐富細節。《藝風堂同人尺牘》是晚清著名學者繆荃孫的友朋書札稿本集，收録惲祖翼、繆朝荃、劉炳照、吴慶坻、陳慶年等人致繆荃孫書札一百餘通。書札的撰寫時間多在光緒時期，内容比較廣泛，除家常瑣事之外，還涉及刻書、詩詞交往、方志編纂等方面，是研究繆荃孫學術交遊、晚清政治與文化教育的重要資料。葉德輝致松崎鶴雄書札（《郎園手札》）是著名學者葉德輝 1910 年至 1920 年間致日本學者松崎鶴雄的書信，涉及研治經學、小學等多方面内容，可稱現代中日學術交流史的重要文獻。

《書札編》收録書札出自名家之手，書法用箋考究，文獻價值之外，兼具有藝術觀賞價值，故採取録文整理與選擇影印結合的方式予以刊布。此外，我們還特邀白謙慎先生、薛龍春先生精選館藏十餘種名家尺牘，製作法書字帖，集爲《國家圖書館藏清代名家尺牘法書選刊》，以饗書法愛好者。

國圖收藏金石拓本豐富，題跋數量衆多。如宋元合璧拓本《廣政石經》即有名家題跋、批校百餘款，宋拓《嘉祐石經》亦有吴昌碩、丁晏、葉昌熾、沈曾植、羅振玉、陳寶琛、楊守敬、曹元忠、繆荃孫、柯劭忞等多人題跋和批校。《金石題跋編》甄選館藏金石題跋七十餘種，以拓本爲單位，撰寫提要，著録題名、拓本、裝幀、行款、書體、責任者、遞藏源流等項信息，並對題跋文字進行輯録整理，可爲金石證史、拓本源流研究、金石學者交遊研究提供全新的資料。

《題贊手卷編》率先刊布長達十六餘米的《明渤海孫氏積善堂題贊手卷》，該手卷是河北滄州孫楷第家族世守之寶，彙集明代前期朝廷重臣、翰苑侍從、書法名家四十三人的題贊墨迹，爲明代文化史、文學史、書法史研究的重要實物與文獻。諸家題贊，書法風格各異，可稱難得的藝術珍品。其中如明代第一大和尚姚廣孝的題贊，可能是其唯一的傳世手迹；而明初賢相『三楊』（楊士奇、楊榮、楊溥）和書法大家『二沈』（沈粲、沈度）的墨迹傳世甚罕，手卷所存可謂吉光片羽，彌足珍貴。此次刊布改卷裝爲經折裝，採用原版影印與題贊釋文相結合的整理方式，前半部分展示手卷原貌，後半部分爲題贊釋文、印章釋讀及題贊者小傳，既能滿足學術界對此珍貴文獻的研究需求，又可據之勾勒明初京師文化圈的面貌。

中法漢學研究所是法國中法教育基金委員會1941年在北京資助成立的漢學研究機構，設有民俗學組、語言歷史組、通檢組、圖書館、法文研究班等部門，開展文獻搜集整理和研究、翻譯工作。該研究所1953年撤離中國時，部分申請出關的圖書資料被中國政府徵購或没收，輾轉存藏於國家圖書館。《中法漢學研究所編》對其中曾毅公《五十年來之甲骨學》、陸翔《敦煌學著述考》、傅惜華《漢代畫像全集》三編、徐宗元《古今本竹書紀年合校》、柯昌泗《漢晋石刻略録》、羅常培《蒙古字韻跋》、魏建功《完全本王仁昫刊謬補缺切韻初次的討論》等未刊論著稿本以及神禡相關資料，進行整理研究，以求揭示這批珍貴稿本資料的學術價值，豐富敦煌學、甲骨學、民俗學等專題學術史，爲深入瞭解中法漢學研究所的學術活動，探究現代漢學研究史，提供文獻幫助。

著作稿抄本在國圖館藏寫本文獻中數量居多，近年頗有影印出版，加之閲覽方便，已漸爲學界所關注，因此未列爲本課題重點對象。不過考慮到有些著作稿抄本學術價值很高，甚至關涉重要學術論争，有必要予以刊布揭示，更便利學界研究，我們選擇方邁、王鳴盛、周廣業、孔廣栻、吴騫、王念孫、王引之、姚文田、李鋭、李文田等清代學者稿抄本予以影印，并分别撰寫研究解題。其中如李鋭《周易注疏校勘記》殘稿，是阮元主持纂修《十三經注疏校勘記》的重要文獻見證，有助於釐清當年校勘工作的緣起與修訂過程。《經義述聞》涉及王念孫、王引之父子著作權的争議，是清學研究界關注的熱門問題。爲便於展開深入研究，我們將國圖館藏《經義述聞》初刻、二刻、三刻所據稿本及《校書録》稿本合併影印。其餘諸家稿抄本，亦精彩紛呈，各有可觀。

以上未刊文獻，雖然形式有别，但是日記、書札、題跋及著作稿抄本内容多有關聯，甚至可以相互印證，子課題實際都是總課題的有機組成部分。我們希望通過對這批未刊文獻的發掘整理，爲學界提供第一手的資料，以推動明清以至近現代學術史研究的深入。在整理過程中，根據文獻樣式的不同，我們分别採取釋讀、點校、輯録、影印、解題、小傳等整理研究形式，以期最大限度地發揮未刊文獻的功用。因爲未刊文獻的隨意書寫特性，文字辨識、内容整理難度很高，整理成果想必仍有不少訛誤，期待學界同人不吝指正。此項整理研究工作得到國家圖書館古籍館、北京大學中文系的大力支持，浙江大學文化遺産研究院白謙慎先生、薛龍春教授在文字釋讀方面給予無私的幫助，鳳凰出版社慨允出版，謹表衷心感謝。

北京大學中文系、中國古文獻研究中心　劉玉才

二〇一八年五月

目録

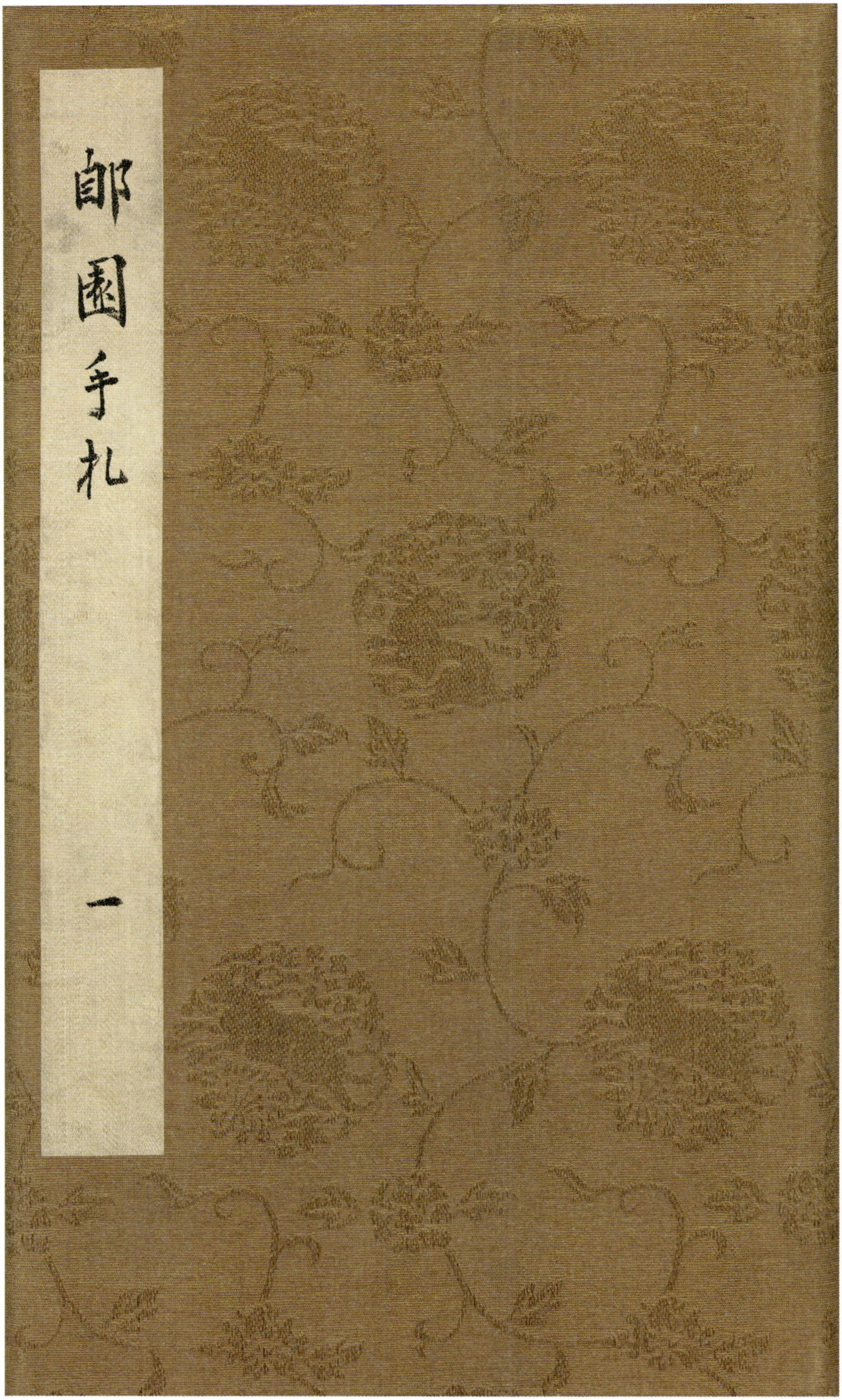
郎園手札 一

書号
函 3 册
登录号89974

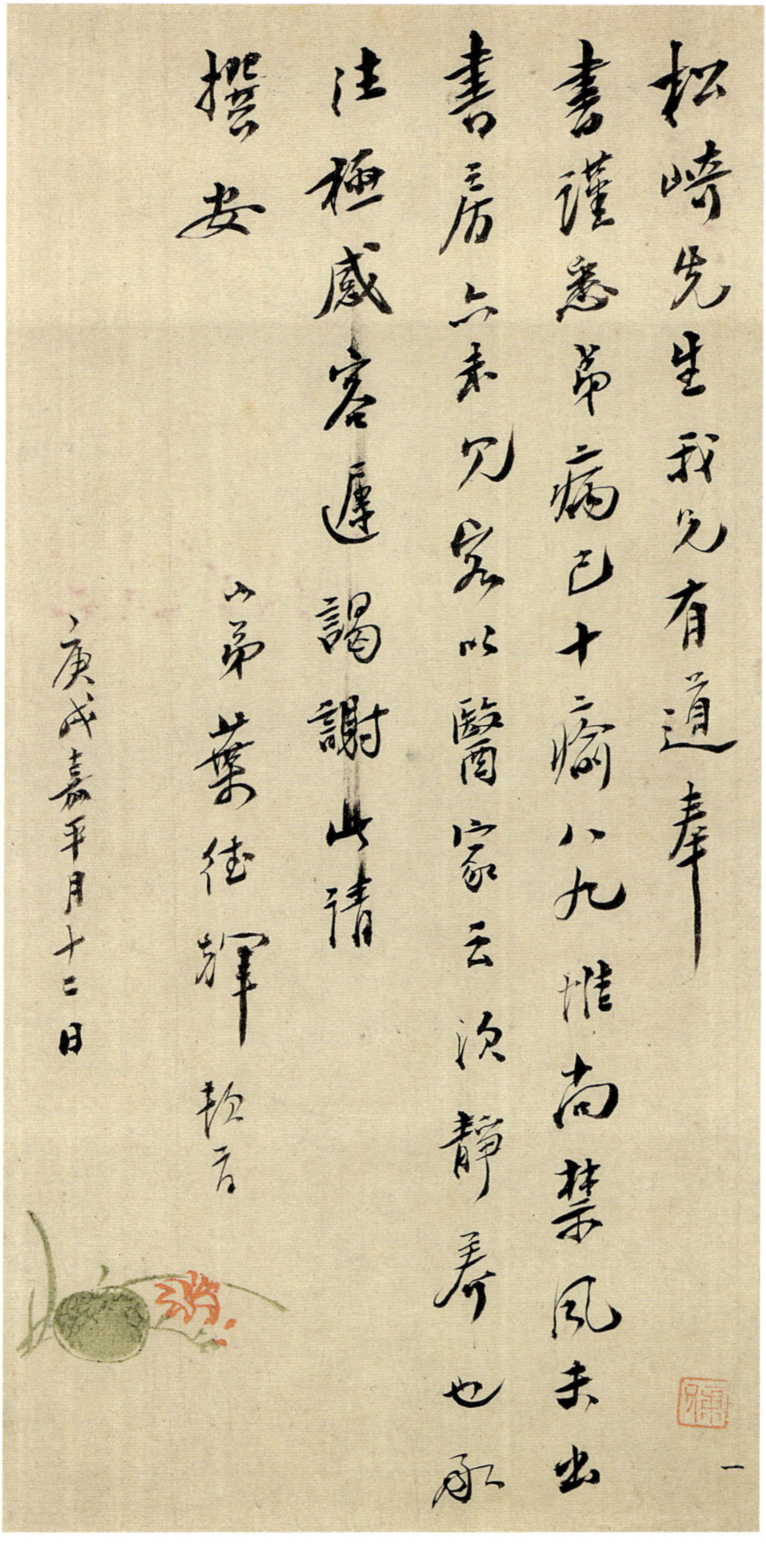

松崎先生我兄有道：奉

書謹悉。弟病已十之瘉八九，推尚禁風，未出

書房，亦未見客，以醫家云須靜養也。承

注極感，容遲謁謝。此請

撰安。

小弟葉德輝頓首

庚戌嘉平月十二日

二

柔甫仁兄同學执事：奉
書謹悉種切。大局粗定，秩序未安，湘城略見太平，一切俱待
創造，此真最難下手時際。不知貴國維新時，擾攘幾年而後
大定也。弟日與醞谷、莭山校文論曲，尚覺清閒。瞿中堂大事河
欲事竟不能有所措，會同事請商之弟宗人明齋先生，若
無所措8暫宜作罷論8（不可輕動）。且正裁兵之時，似亦無甚設慮。弟日內
仍往鄉，月餘即回，轉特此奉告，并頌
撰安。
同學弟葉德輝頓首
辛亥正月十二日

松崎先生有道：左右久不相見，因舍弟有喪新故，為覓葬地，往鄉之日多，閒
吾從過訪，致失迎候，深爲悵悵。新刻宋趙忠定別錄
八卷、又奏議四卷封呈
鑒定。趙忠定爲南宋理學名臣，與朱子交善，嘗爲
奸臣沈害，竄斃湖南衡州，故特爲之表章，以扶正氣。
執事覽其詳，即得其始末也。手牋上瀆，
撰安。
承賜桃并謝。
弟葉德輝頓首
辛亥四月初十日

鼎甫仁兄同學道契左右：入夏以來，未得問訊
起居，時以為念。敬惟
著述宏富，游息安康，以頌為樹。弟今年正、二兩月
在鄉，三月以後居城，恒與節山相聚，談文論曲，
相得甚歡。此時已束裝將東遊，出上海，必與
閣下相見，一切況狀，詳之。當詳湖南自去年以來
幸未擾亂，統兵各官均愛惜名譽，絕不騷擾地
方，其見于報紙詆諆者，亦四十九標件，僅人耳兵

四

隊五六萬人僅此小數爲人此不滿意則湖南軍
人之學問實可爲各省之表式弟謂立國之道首在
教育教育注意全在國勢此十年内各省於練新
軍除袁世凱諸軍外当以湖南爲第一則教練之功
爲有效也近時兵皆出防省城極安静好爰星散
無可與談日以作詩自娱樂其中碩貴國各流
我尤多在節山行篋可取觀也手肅敬請
箸安

同學弟葉德輝頓首

季五月端午前之三日

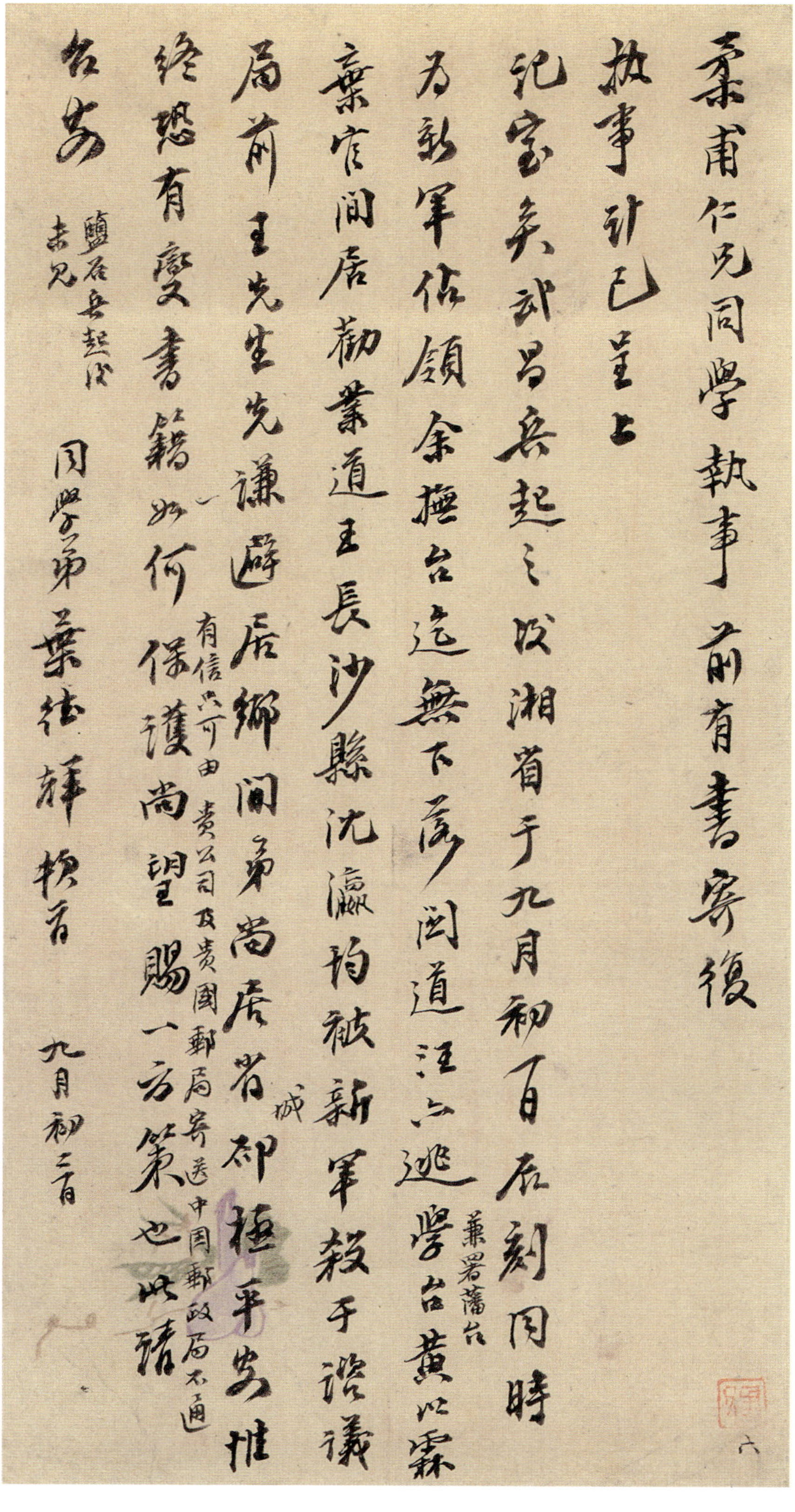
桑甫仁兄同學執事 前有書寄復
執事計已呈上
記室矣武昌兵起之後湘省于九月初一日居刻同時
爲新軍佔領余撫台逃無下落聞道注亡逃學台（兼署藩台）黄以霖
棄官潛居勸業道王長沙縣沈瀛均被新軍殺于諮議
局前王先生先謙避居鄉間弟尚居省城却極平安推
終恐有變書籍如何（有信只可由貴公司及貴國郵局寄送中國郵政局不通）保護尚望賜一方策也此請
台安 盫居安起候
吉兄
同學弟葉德輝頓首
九月初二日

菜甫仁先同學道契 閣下別後屢奉
賜書得悉
旅居百福至以爲慰中國此次大變爲鄰人與蔡園耘
桂諸先生決不忍見之 貴國 天皇以下士大夫決不欲聞
蓋東方兩帝國非 貴國與我清一旦變爲共和則
貴國帝系將成孤立 貴國現雖立憲于立憲國體
未爲完全鄰人向 貴國當軸略獻芻蕘以爲非全師英國
立憲制不能享長治久安之福葡萄牙與中國此次之

七

革命均以一月之久而成功，天時人事相逼如此，吾輩抱忠守
道之士亦束手無如之何。前此湖南所立都督焦陳二，非乃
長江會匪之魁，今所擁戴者為諮議局長譚延闓，其人有
文學，亦善經營湘省，尚無十分危險。從前起事之三五平
少學生為兵界排逐殆盡，故官吏治事、商民營業一切
如常。然商民因漢口為清兵燒毀，商埠之成轉運不通，上
海、湖南兩處受害尤巨，即合同商務將來事平結算，恐
亦在數萬金。鄙人乃不畏貧窮，此將來教授學生，筆墨

餬口或書国文教習或營報館生涯皆足為自了漢特此時
上有七旬之父母下有可成可敗之商業一身羈絆不得自
由貴國人士如於添君大顧寺主均約為東遊盛情極可感
無如勢有不能上海外來人太多明年春間恐有流疫似亦
非淨土書籍運滬載費一時難籌至貴國任保護亦非
長沙多駐兵輪由上海領事知會兵官照料不可若僅於文
軍政府外交司彼能發兵丁不能發土匪籌思再四若無
絕好機會九月初旬避亂鄉間得詩二卷寫寄青山先生

九

多諷刺之詞，皆不能付刻。近日將家藏字畫碑帖手書之題跋一一錄存，以待事定校刻。此二十年心力所聚，不欲付之雲煙也。擬于來月往鄉居編藏書目錄，所刻書板寄存一廟，恐為兵隊作爨薪，幸早運回，尚未損失。聞葵園、湘綺兩先生書板亦無恙，是則大幸之事。貴國將來如有多數兵隊來湘，閣請就近于上海領事署請一照會（頌事四月中曾見過，彼尚問素女經，因未印出，故未送也），知帶兵官來舍一行，鄙人當優禮接待，以圖保護也。此請

撰安

同學弟葉德輝頓首

中歷辛亥十月廿八日

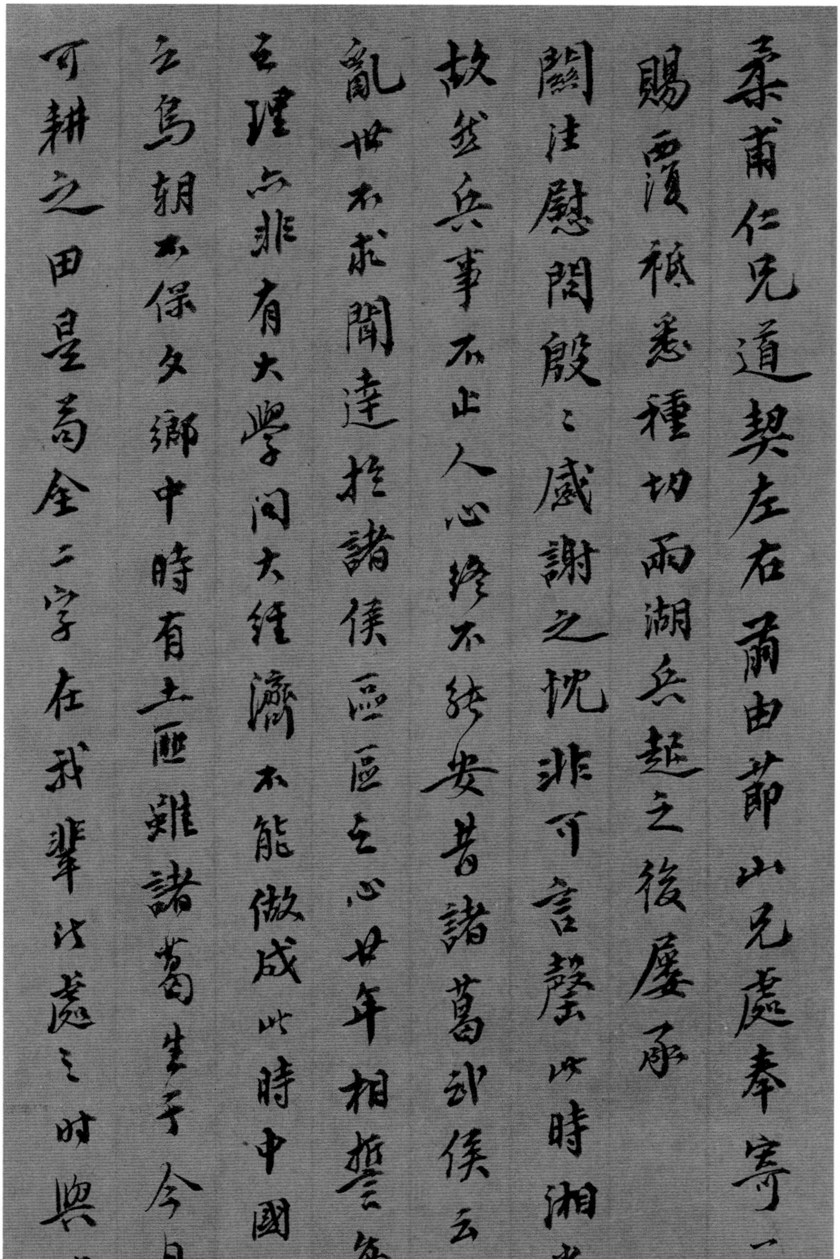
柔甫仁兄道契左右甫由節山兄處奉寄一書旋得
賜覆祗悉種切兩湖兵燹之後屢承
閣注慰問殷殷感謝之忱非可言罄此時湘省雖平安如
故然兵事不止人心終不能安昔諸葛武侯云苟全性命于
亂世不求聞達於諸侯區區之心廿年相誓每思苟全二字
之理亦非有大學問大經濟不能做成此時中國人人如巢幕
之鳥朝不保夕鄉中時有土匪雖諸葛生于今日南陽將無
可耕之田是苟全二字在我輩此處處之時與地更無一而

十二

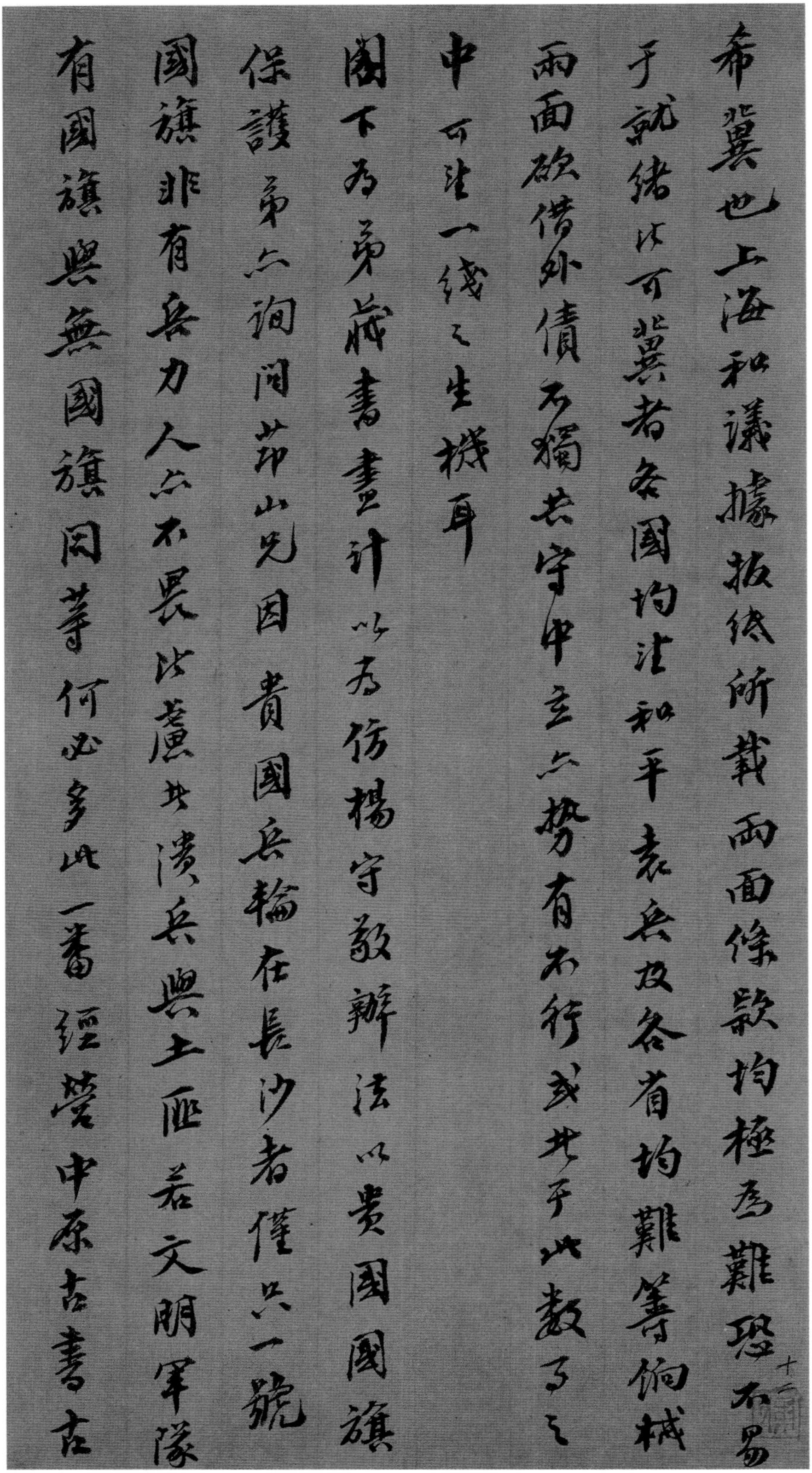

希冀也上海和議據報紙所載兩面條款均極爲難恐不易
于就緒所可冀者各國均主和平袁兵及各省均難籌餉械
兩面欲借外債不獨其守中立之勢有不行或出乎此數月之
中可生一線之生機耳
閣下爲弟藏書畫計以爲仿楊守敬辦法以貴國國旗
保護弟亦詢問葉山先生因貴國兵輪在長沙者僅只一號
國旗非有兵力人亦不畏此處其潰兵與土匪若文明軍隊
有國旗與無國旗同等何必多此一番經營中原古書古

十二

十三

物每逢一次兵亂不知消滅若干以屢朝故平日大水
所失計之殊已如恒河沙數矣現在北京內閣及圖書館古
書宋元板殘冊猶多設有兵亂又何可設想耶　弟居湘潭
朱亭鄉中一月作詩數十首已寫付　青山先生有暇覓人抄
一分送　閣下日來正編藏書及字畫目錄題跋字畫已告
字畫貴國力購藏圖書彼博覽會弟即出售以免在中國遭險
成書籍正在編輯　亦正恐兵燹不測留此雪泥鴻爪告之後
人耳葵園耘桂兩先生久不通問省中誰一節山講學雷此請
台安　同學愚弟葉德輝頓首　辛亥十月十八日
外兩舍弟事略一本呈
教政有別紙

柔甫仁兄學長道席　前由節山兄處轉寄兩書，計已早邀
台鑒矣。大局不定，講學亦難，湘省二王先生各居遠鄉，耘耕先
生亦數月不知蹤跡，伏匿避秦，管寧避魏，此鼎革時代之正逢。
獨鄙人奔走于槍林彈雨之中，與節山談史論由此，亦古人未有之
事也。瞿中堂事，大河平（此人庸懦已極）領事殊覺無能。湖南外交司持外人
城內不得置產之條，約以相抵抗。鄙人告大河平領事，言此乃瞿姓
抵押正金銀行之款。非不動產之可比。外交司始代瞿姓清償
銀行之銀。則存款不同。如有人以相抵之價，受售瞿屋。則此屋

十四

即交外交司管理。此極易同當之事，而大河平領事不能向其置十五

辯，可見大河平之無能。此事恐非由上海領事行文湖南外交司，並派

貴國人前來估領，決無完結之日。節山先亦不知外交事，若使井原

真澄在此，必出以強硬之手段，早已派貴國人居住矣。民軍號爲

排滿排倒專制政府，其搶奪人之財物無異寇盜。現聞各省情形

貴國來遊者多見之

相同，此亦非何戰國，徒然見笑列強而已。弟購書畫百數十件，

貴國有收售者可以盡售，書籍亦然。在中國遇兵變，未免可惜也。此頌

撰安

弟葉德輝頓首

辛亥十二月二十七日

十六

葉甫仁兄學長有道：左右從歷上元後，仍還鄉居，家中附列

台閣，敬悉種種。

閣下今之血性男子，于朋友患難之事，奔走呼號，竭智

盡力，真今人銘佩無已也。正庵中堂之交涉，不料其翻

覆如此之多。中國人士與貴國居處相依，其中亦分三

類：一政府與政府之交，一讀書好學者與讀書好學

者之交，一非讀書者與非讀書者之交。以今日時局

以愚見決定今之時局，東方諸友邦必助

政府與北政府之交，必無比損，如同主君主立憲政也。政

袁世凱為君主，必不認民主，英美必中立，請以速示一信與弟，此事相傳

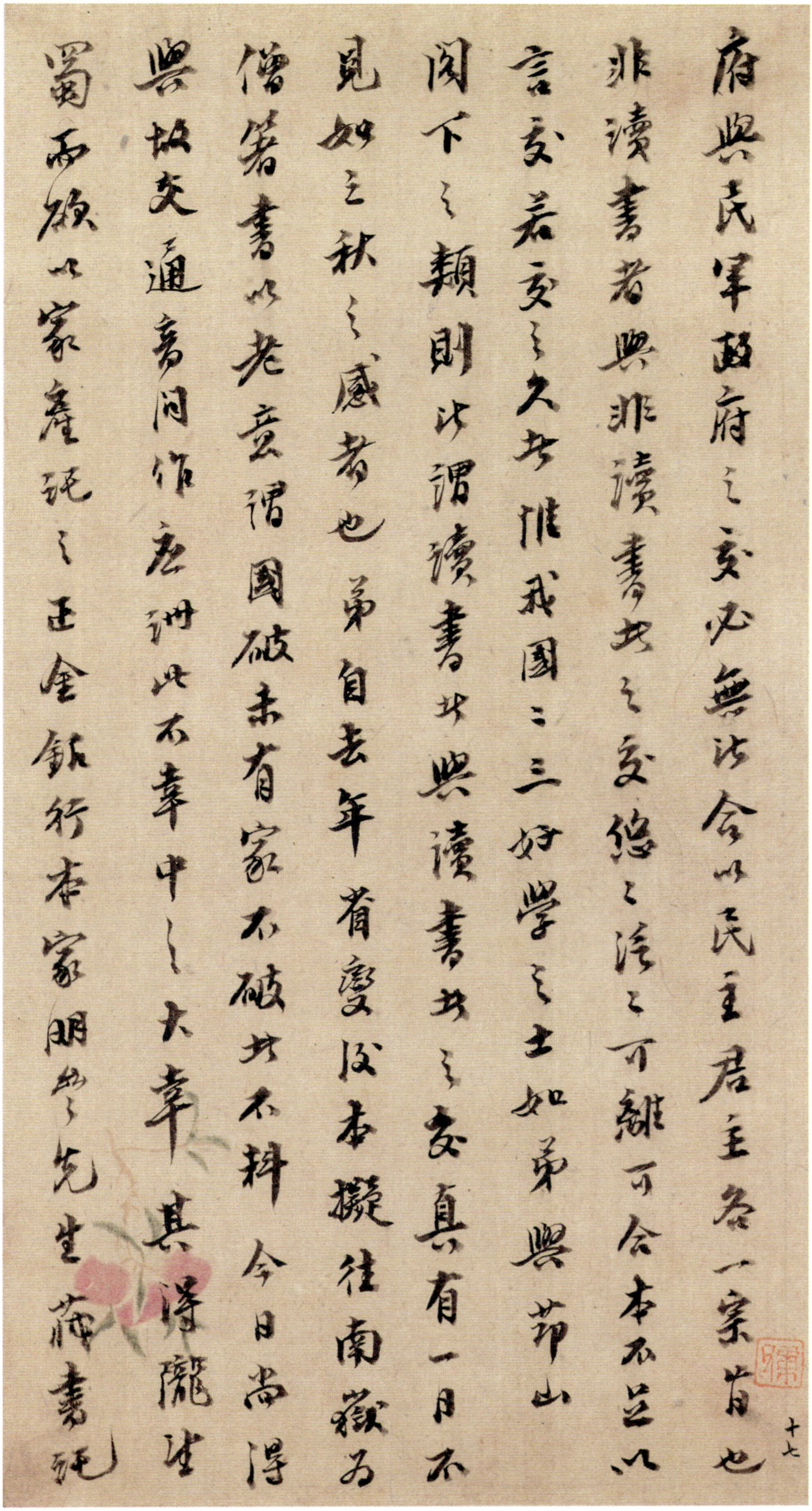

府與民軍政府之交必無此含以民主君主各一宗旨也
非讀書者與非讀書者之交總之法之可離可合本不足以
言交若交之久者非我國之三好學之士如弟與節山
閣下之類則所謂讀書者與讀書者之交真其有一日不
見如三秋之感者也弟自去年省變後本擬往南嶽為
僧著書以老意謂國破未有家不破者不料今日尚得
與故交通音問作函此不幸中之大幸其得隴望
蜀而顧以家產託之近金銀行本家朋友先生薦書託

十七

十八

云貴國保護者亦因白岩子雲先在湖南日本輪船公司粟井迎英輔兩君及節山同學再三爲弟畫計 不欲拂良友愛我之意耳 弟與節山笑謂設大殺人之事無日無法不能保護 苟無設大殺人之事則又無用其保護此一定之理也又與民黨笑談云民軍決不殺我土匪則殺我譯部曾聞之亦解頤也 至于書籍字畫存之貴國仍可留種還國自乾隆以後我國考據家獲益于貴國古書其流風餘韻至今未泯 以近日驗之如黎莼齋楊惺

吾兩人欲刻之書雖未盡皆貴國之藏亦可補乾隆諸
儒所未見此非我國書籍流入貴國而仍有益于我國
之明證乎
閣下謂獲于中國不應轉輸外國此說言可佩也若謂
失諸中國亦無恨則未必然也計歟然
閣下此云皇天不滅斯文則湘藏書必免災厄此弟欣之
大約可幸免乎書目正在編撰　大詩容遲奉和此請
撰安
同學弟葉德輝頓首
壬子花朝日書于朱亭
本月內仍回長沙

十九

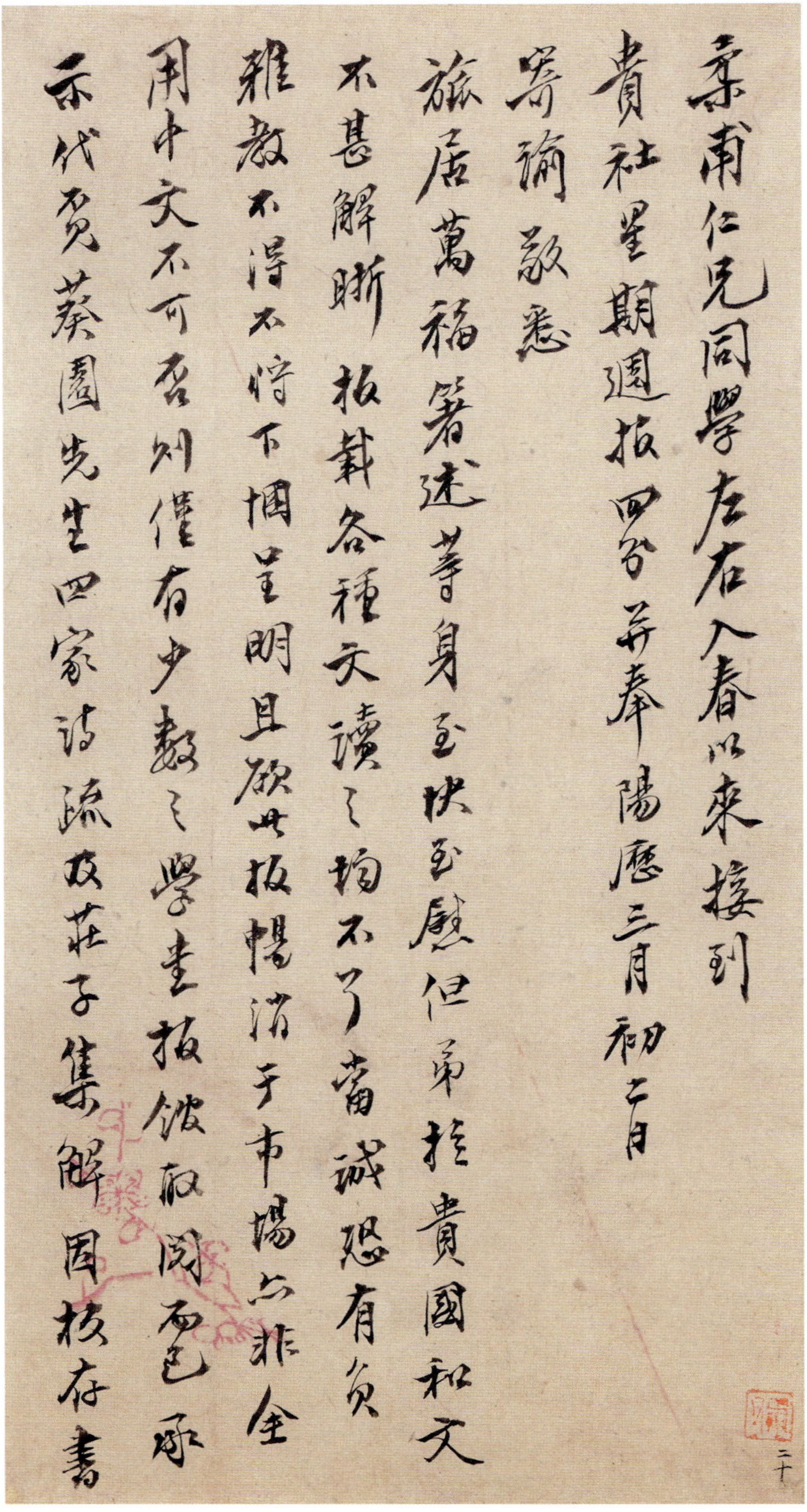
柔甫仁兄同學左右：入春以來，接到
貴社星期週报四分，并奉陽歷三月初六日
寄諭，敬悉
旅居萬福，著述等身，至快至慰。但弟於貴國和文
不甚解晰，报載各種文讀之构不了當，誠恐有負
雅教，不得不將下個星明且欲此报暢消于市場，亦非全
用中文不可，否則僅有少數之學生报彼取閱而已。承
示代覓葵園先生四家詩疏、攷莊子集解，因核存書

二十

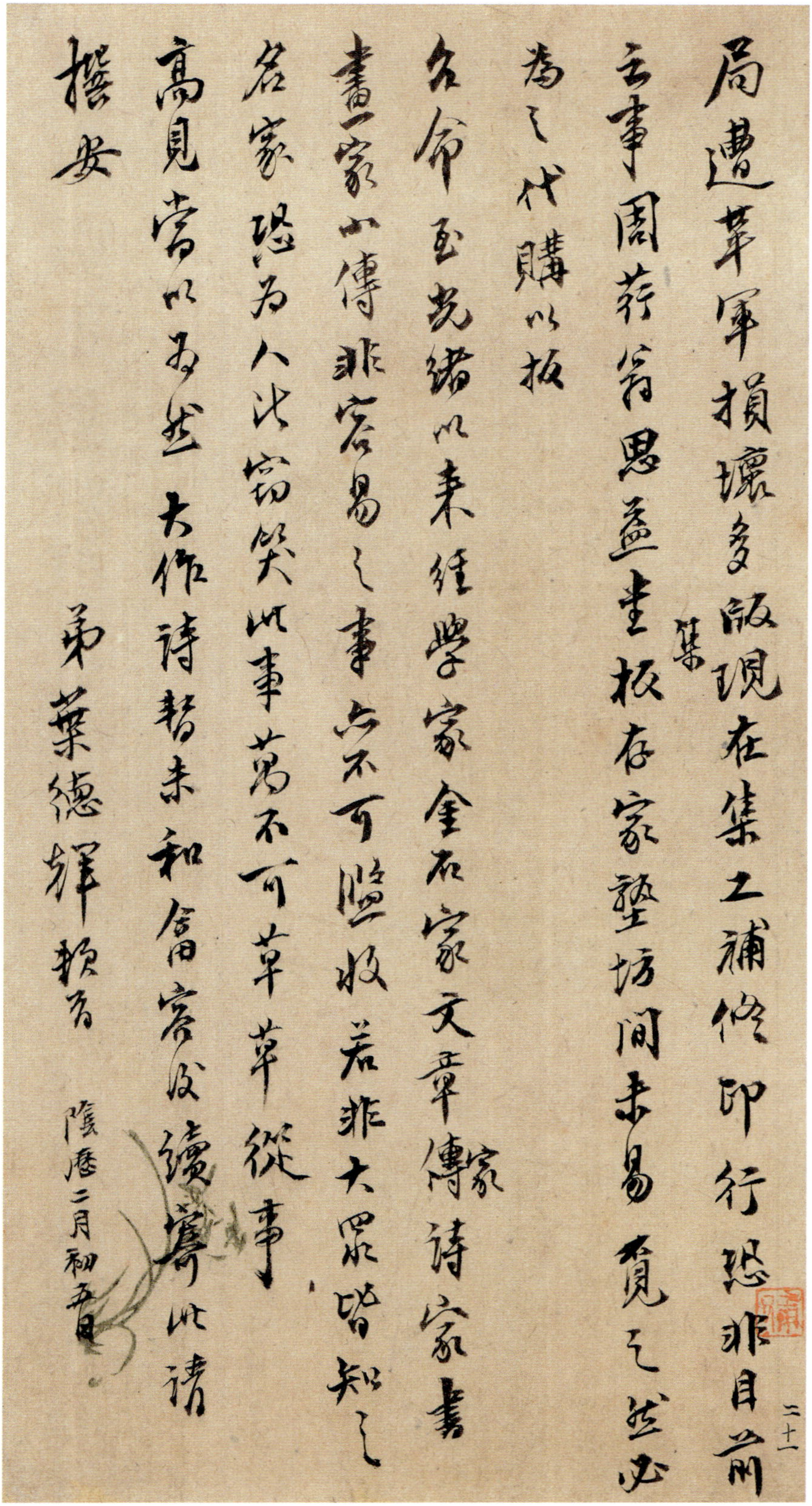

局遭革軍損壞多缺現在集工補修即行恐非目前
之事周荇農思益堂集板存家塾坊間未易覓之並必
爲之代購以扳
名命至光緒以來經學家全在家文章傳家詩家書
畫家小傳非容易之事亦不可隨收若非大眾皆知之
名家恐爲人比竊笑此事萬不可草草從事
高見當以爲然 大作詩贊未和當設續壽此請
撰安
弟葉德輝頓首
陰曆二月初五日

二十一

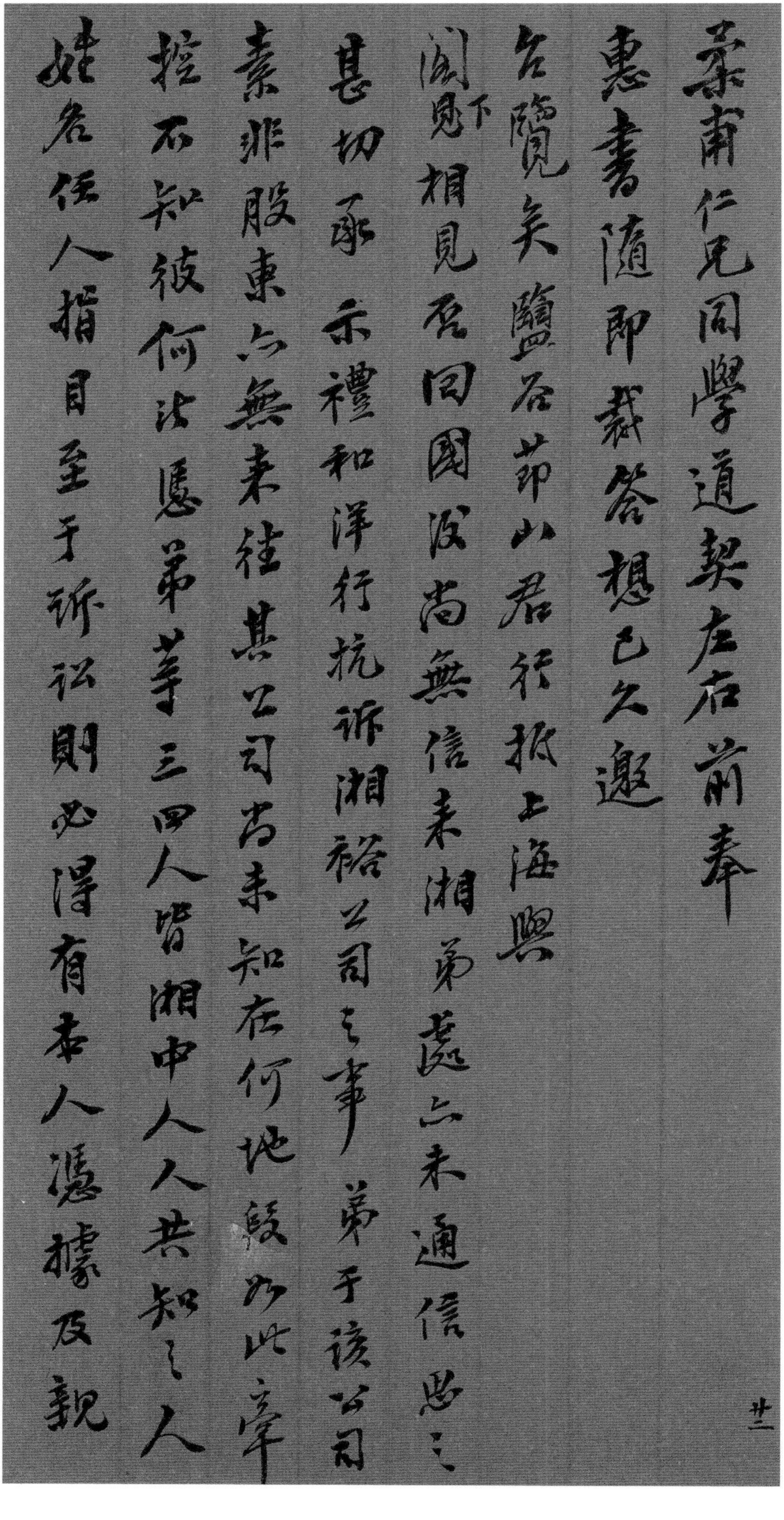

葉甫仁兄同學道契左右：前奉
惠書，隨即裁答，想已久邀
台覽矣。鹽谷節山君於抵上海與
閣下相見否？回國後尚無信來。湘弟遠亦未通信，思之
甚切。承示禮和洋行抗訴湘裕公司之事，弟于該公司
素非股東，亦無來往，甚至公司當未知在何地。顧此案
控不知被何法憑弟等三四人皆湘中人人共知之人
姓名，任人指目。至于訴訟，則必得有本人憑據及親

廿二

書籤押或債或借之銀錢理由種人交涉不了然

没有控訴之事此事弟竟茫然不知中外東西無

此憑空造作之訟案查湘裕公司似聞是一鍊鑛之廠

當初為朱恩紱創辦其與禮和有無膠轕外人無從知（此是光緒己亥以後之事）

之葵園久不在城無從考察止盦中堂多年服官在外

必非此公司之股東至于弟于地方一切公司從未入有股

份即如鑛路之正大實業弟亦無股票在手其他可知

矣請見（于）止盦中堂附告以該公司來歷次此朱恩紱

向與中堂至交談公司如有訴訟事情豈有不通知
中堂之理此真不知何處飛來之無頭公案也朱恩紱
係典禮院直學士遜位詔下即回湖南避居山中足迹
不入城市于弟為同年之交蹤跡甚為冷淡此可亦
無從問訊將來本末因不知其詳也當此無法律無政府
之时新奇怪事層出不窮既無法律無政府必有公
理有社會想不獨如此近八千烟詩一幅郵寄在外此請
撰安　　弟葉德輝頓首　壬子六月中伏

菜甫仁兄道契同學 閣下 滄桑多變久未訊問
起居 六月中奉讀
賜諭 登時答覆 島田君為其夫人乞撰墓志寄送
葵園 至今未復 葵園于九九去年九月往岳州平江縣
城依其親戚 至厚庵部郎久居間一通訊問其著三
家詩疏而已 弟自八月遭 家大人之喪 今甫百日 卒哭
海上僑居各友言問久疏 不獨
閣下 印節 此處亦不得消息也 家大人今年七十有六

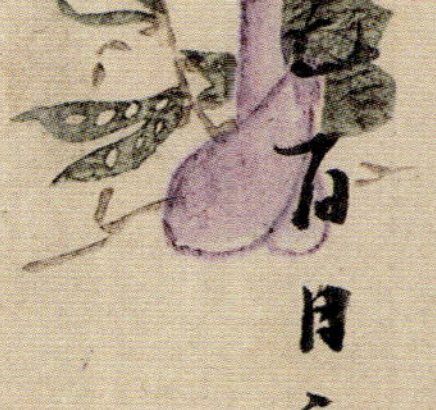

廿五

素履康健因七月下旬偶尔感暑遂至違和辟穀二十日
至八月十七日棄養弟率子孫治喪如禮幸不踰越禮
經當附本啟赴告
閣下遠因殯葬有日遂爾遲遲至今茲特寄上赴聞
三封內附行實一本鹽谷青山先生父子并乞郵便代
交一切厚賻責及命謹辭唯冀
錫之誄文挽詩錄稿寄示則感戴無已矣此請（并乞以此意告之節山）
撰安

同學弟葉德輝頓首

舊曆壬子十二月初二日

廿二

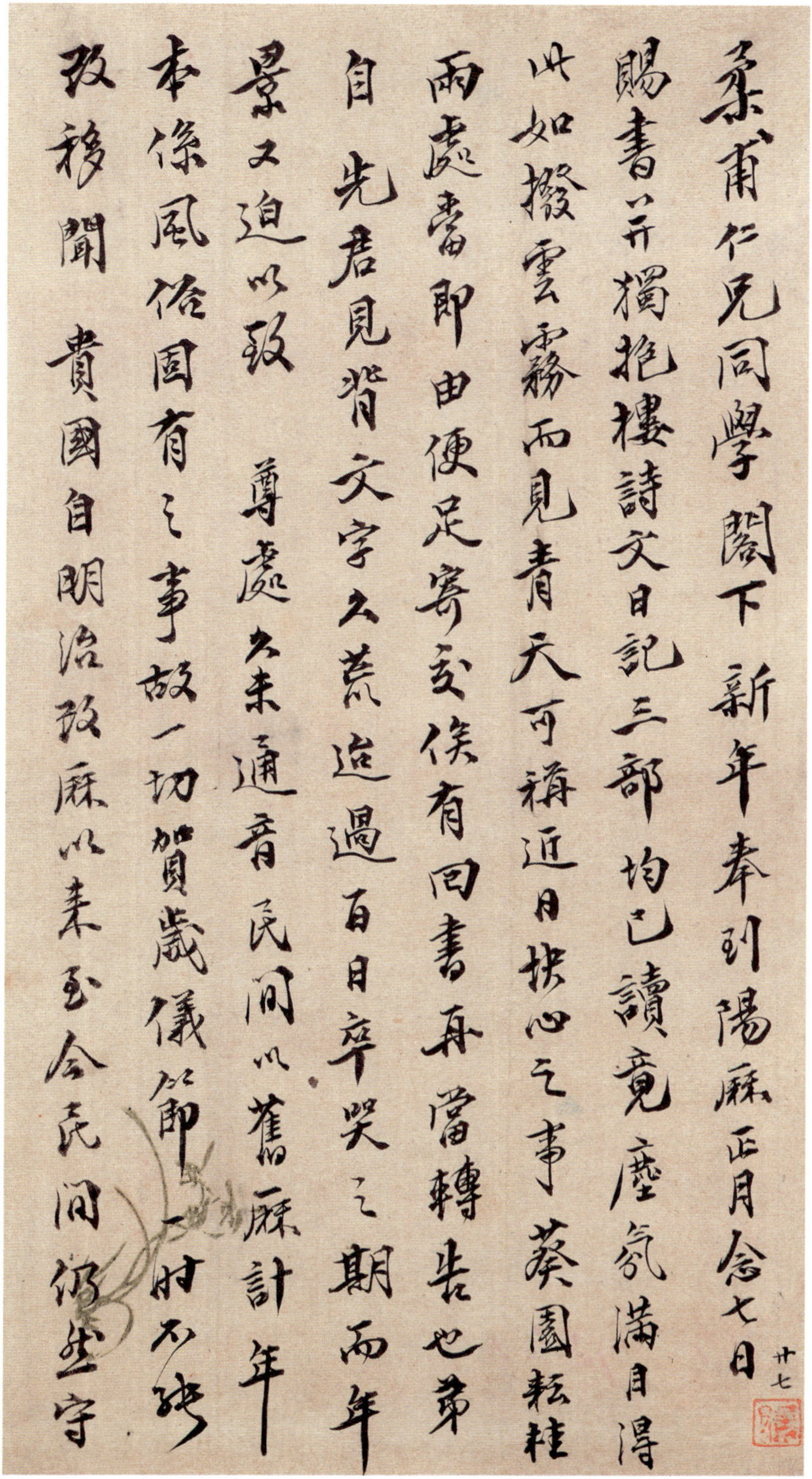

秦甫仁兄同學閣下 新年奉到陽曆正月念七日
賜書並獨抱樓詩文日記三部 均已讀竟 塵氛滿目 得
此如撥雲霧而見青天 可稱近日快心之事 葵園耘桂
兩處當即由便足寄交 俟有回書再當轉告也 弟
自先君見背 文字久荒 迨過百日卒哭之期 兩年
景又迫 以致 尊處久未通音 民間以舊曆計年
本係風俗固有之事 故一切賀歲儀節一時不能
改移 聞 貴國自明治改曆以來 至今民間仍然守

廿七

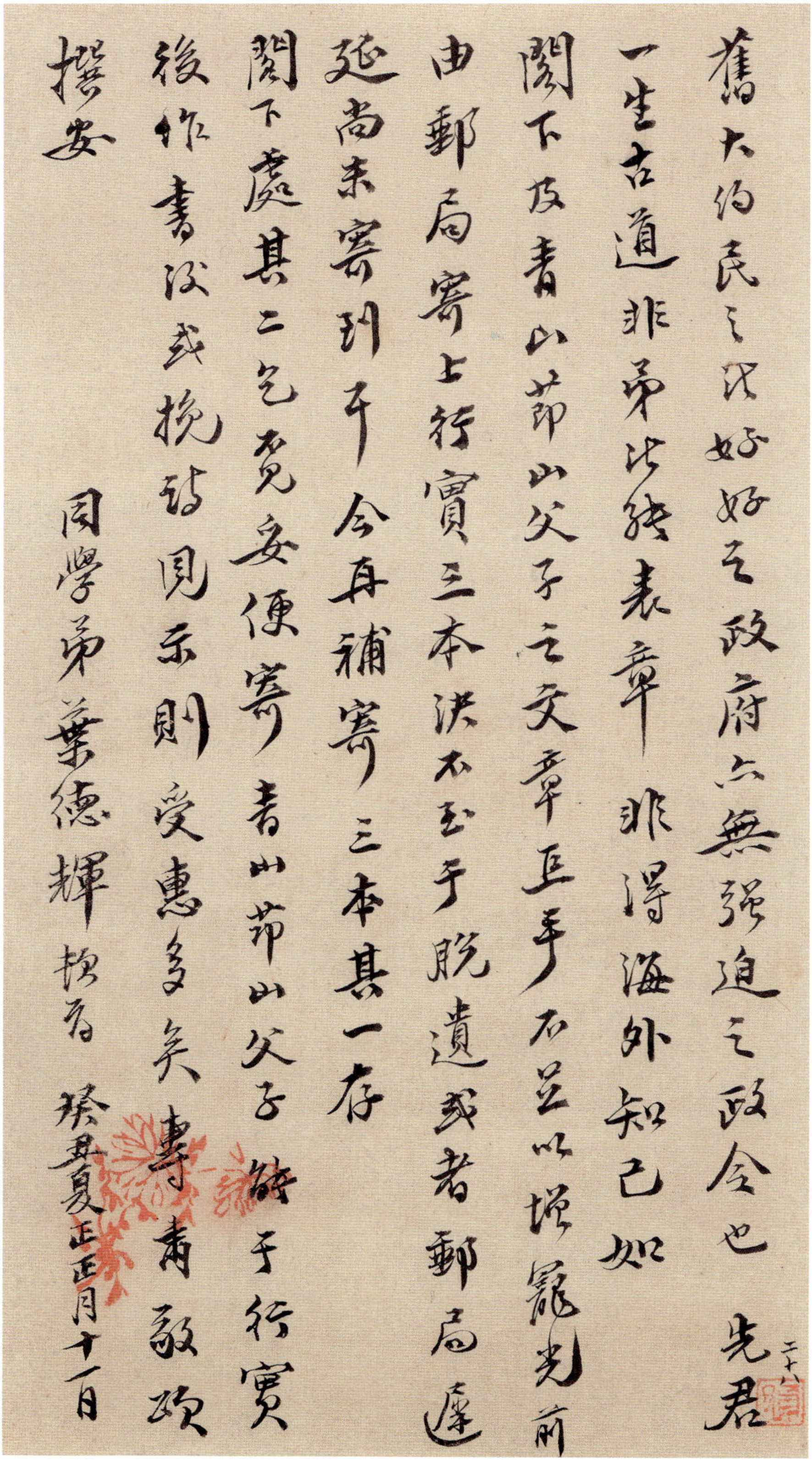
舊大約長之況好好之政府亦無强迫之政令也　先君
一生古道非弟比能表章非得海外知己如
閣下及青山節山父子之文章巨手豈足以增寵光前
由郵局寄上行實三本決不至于脫遺或者郵局遲
延尚未寄到乎今再補寄三本其一存
閣下處其二乞覓妥便寄青山節山父子請于行實
後作書跋或挽詩見示則受惠多矣專肅敬頌
撰安
同學弟葉德輝頓首　癸丑夏正正月十一日

二十九

秦甫吾兄同學道契 陰曆十二月下旬接陽曆正月
念七日由虹口文監師路安藤宅中寄來
賜書 正在回答 又由日清公司交到獨抱樓詩文日
記三部 即遵
台命分寄 蔡園 趙桂雨先生各
一部 于今年陰曆正月初五日再接陽曆一月念五日
尊函 詳悉 貴友人在滬刊星期報 欲採儆國文
士詩文 此等盛舉 實深欽佩 弟生平箸書
亦目多作詩文之時少 辛亥國變以後作詩之百紙

三十

首已寫一本寄青山先生，次欲寫一分奉請
教正，吾無間暇，遂之至今。因先君見背，于禮不能
為文，此二十七月之中，斷斷不能有詩文稿矣。繆沈余
三公近在滬上，
閣下與余相識已久，其著作就近可以取裁。湘中耆
老逃匿一室，恐無此詩命。壽二王先生傳本書草
創為之，鄙人則無足重也。專復，并頌
撰安

同學愚弟葉德輝頓首　癸丑夏正正月十三日

桑甫仁兄學長執事：陰曆正月十一日、十六日由郵便速寄兩書，并先恭惠行實三本，此時計已邀台覽矣。屬考王湘綺、王葵園事蹟著作，即託其門人撰成，以傳他日，星期报出，俾弟先覩之，亦幸矣。（別紙鈔呈，共紅格四葉）弟平生學派不獨與湘綺不同，即與葵園亦有出入，承撫事嵩錄幸分別言之。近刻藏書十約一卷、游藝卮言二卷，紀字甚多，以朱筆校改此書，分贈友人已盡，俟再印出而後可贈。節山又嚴冬有詩集二本，亦初次草

卅一

草即出訛奪亦少校書如拂塵掃葉時時閱人

弟于此事耗費心力已三十年清亡而我不亡殆天意

留之以延古人壽命耶　自辛亥革後葵園

湘綺皆睽隔一年長沙省城當事者皆不識字之士

司人少見多寂寞誰語

執事逍遙海上久旅忘家亦無念故人撫栖之苦

居雨窗囈語聊博胡盧即頌

撰安

同學愚弟葉德輝頓　癸丑上元月

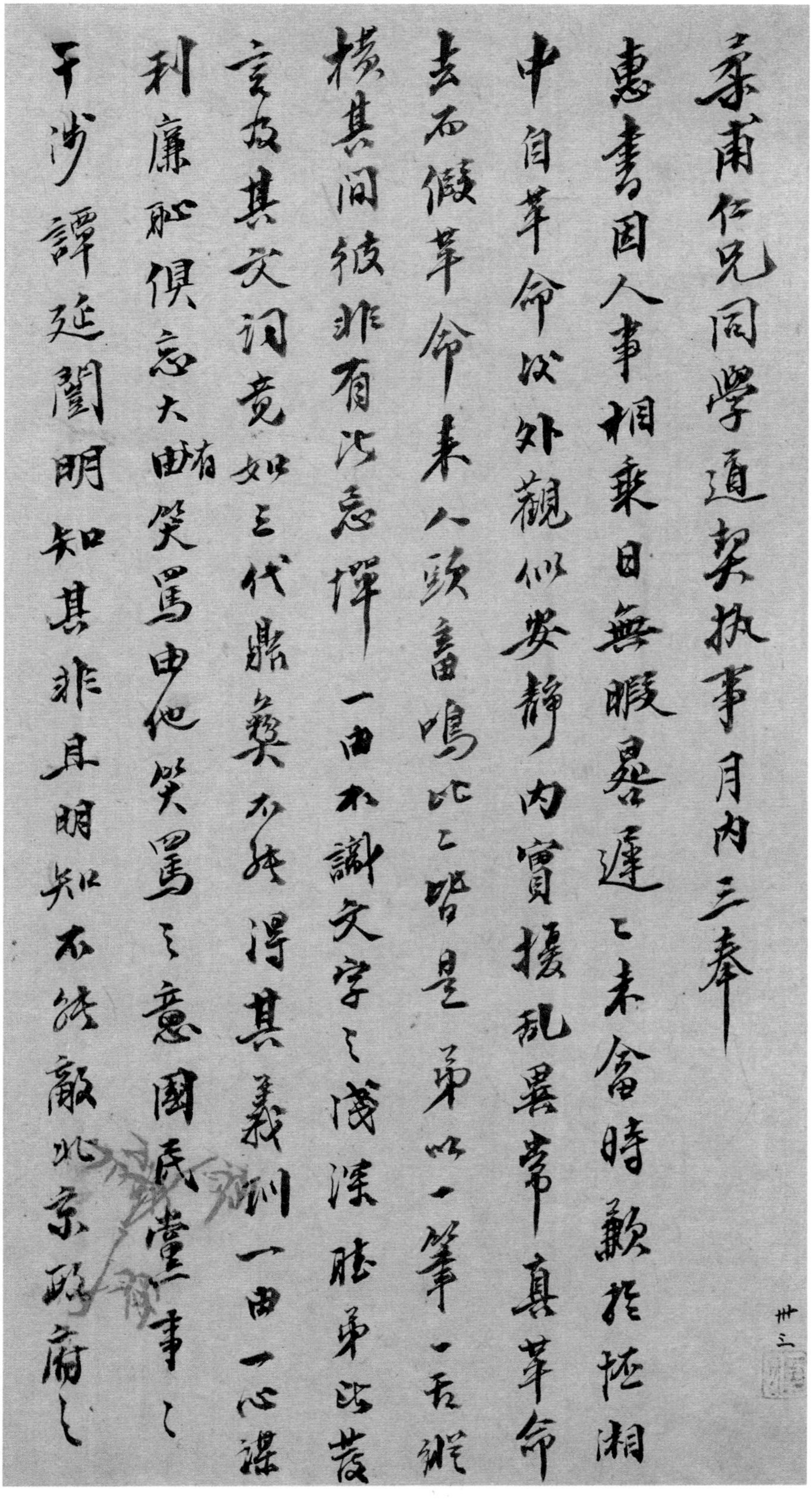

秉甫仁兄同學道契執事：月內三奉
惠書，因人事相乘，日無暇晷，遲遲未答，時歎於拯湘
中自革命以外，觀似安靜，內實擾亂異常，真革命
去而假革命來，人頭畜鳴，比比皆是。弟以一筆一舌縱
橫其間，彼非有此意，攫一由不識文字之淺深，勝弟此茂
言，攻其文詞竟如三代鼎彝，而拜得其義訓；一由一心課
利，廉恥俱忘，大都有笑罵由他笑罵之意，國民豈事乎？
干涉譚延闓，明知其非，且明知不能敵北京政府也。

卌三

勢利而為人牽鼻，不能自由。自家散亡死棄，出一般無
知之黨人，有主招兵抵抗北政府之說。甚黨中亦有知利
害者，不肯附和，主張投招兵之說。時滅時生，謠言之興，
亦由于此。弟謂愈援攘愈不共和，既不共和，則是助成袁
大總統之帝制。天時人事，殊有相逼而來者耶。全
局攬[翁] 先君誌兩二三日郵寄來湘，亦讀來書，如稍
有一二句改削，殊深稿下，附文一篇呈 教，并頌
撰安

先君墓銘擬作一底稿，借田島名書之，稿遣寄也。

同學弟葉德輝頓首　癸丑夏正五月廿五日

廿四

葉甫仁兄同學道契左右：前有書託節山寄
尊處，并有金苕鏡竹根之圖，想已早邀
台覽。兩旬未得
諭示，想因於事忙極無暇及此，然于節山處則固時時得
聞下近祉矣。湖南兵事殊不安静，雖無大搶，然一日之中或搜奸細，
或毆營兵，或鬧商店，或兵與兵鬥動，時時聞有搶聲，以新常備
軍為尤甚。此縣審判兵亦干涉，戲園妓館無一存留，良民不能
謀生，景象極其可慘。籌餉局四處騷擾，其當事皆平日無

卅五

業謀食之人，一旦乘此亂離，大肆搶劫。民國如此，何能成立。瞿中（卅六）
堂有銀存滙票號，竟被局人強硬提取，又將其公館充公。因其存
銀及公館已由貴國正金銀行呈領事，向湘領事干涉，湖南外交
司回云：外國不能在城中有不動產。大河平領事竟亦不能辯駁。（領事人太長厚）弟亦不
知瞿中堂如何辦法。蓋以居宅作爲貴國之業，產本不合宜，惟云
該銀行之銀將此作押，外交司如果爭論，即令其代償相當產
房之價銀，招人變售，則彼外交司斷不能再有異詞。請告瞿中
堂存款銀及房產皆可如此辦理，存銀摺據必在行收據以并可再由

上海領事行文湖南，言其在上海抵押正款，不得由他人擅取，卅七
蓋不動產與抵押物分二種也。弟亦以此辦理、銀行賣辦葉明
明齋並不相識，亦可就商
齋係族人，已有函託之，至于書以籍則仰懇
閣下基請駐申領事言已定價估值五萬元，事平運滬，以煥
外交司轉民政、警察及軍政府為之保護，便可於當事竭力
保護，將來擬于湘省設一圖書館，接待貴國游學之士，此誠斯
文之大幸也。濱海風寒，諸維珍攝。專此敬請
台安

愚弟葉德輝頓首

卅八

菜甫仁兄學長左右：前陽曆一月七日由節山兄轉寄一函，內有兩余弟事略并致金閶伯太守書，又隨寄石林詞一本，想已早邀
台覽矣。上海和議不成，戰事又起，各省均無統率，獨立本自為難，袁內閣之應戒行各省，尤非其敵。湖南兵士自湖北歸來之後，其氣益驕，譚延闓乃一白面書生，如何能該兵事，將來決裂，自在意中。弟以父母室家之故，不能遵命遠來上海，余閱書籍本在危城之中。前承

指示辦法仿楊守敬之例擒 貴國旗幟保護本條上策 卅九
但長沙領事大河平君敢膽小畏事日清公司粟井迎英輔兩
君但欲弟將書籍移置公司無論書籍太多公司屋小不能
安放即能安放而檢閱頗不相宜仍求
閣下在上海領事處移文駐湘領事或軍政府仿楊守敬
保護之法及湖水鑑山岳工廠法庶得免于兵燹此事務望
速示施行以湘省危急情形朝不保夕故也 手此敬請
箸安
弟葉德輝頓首 陰曆十一月廿七日

再湖南近年以來刻書者少，故刻工亦稀，每刻一書，久延時日，而家藏善本未刻者固多，即刻而轉本或少，頗令好學諸君子有望梅之心。擬與鹽谷節山兄或閣下組織一刷印局，專印一切人間未見之書，一面布置一二東式房間，以便閣下二三游學或好之旅館。其活字板、玻璃板不知須費若干，乞便中查考。活字板似宜大小兩種字，如島田翰所印各書式。其玻璃板則專印法書名畫。閣下經理報事，亦可移筆硯于長沙，則真讀書樂事也。

侶或出食用旅費

德輝再拜

棻甫仁兄同學道契執事久不奉
書節山于陰歷五月初七日由長沙起程回
國自去道出上海託其帶一函問
起居近不知稽留何地殊不日將來滬上
矣長沙自去年九月以來較之他省總覺安
靖兵隊惟一千餘人（中國兵制之一標）不守紀律各處搶
掠所謂之四十九標是也其標官為王隆中乃他
軍皆不滿意故雖一動一止皆為他軍所挾持
無他慮也湖南新軍本非全體革命各統
兵官亦多文明誠樸之人特初起事時有新
招之兵不免擾亂兵紀而其咎實由撫台以下
[illegible]

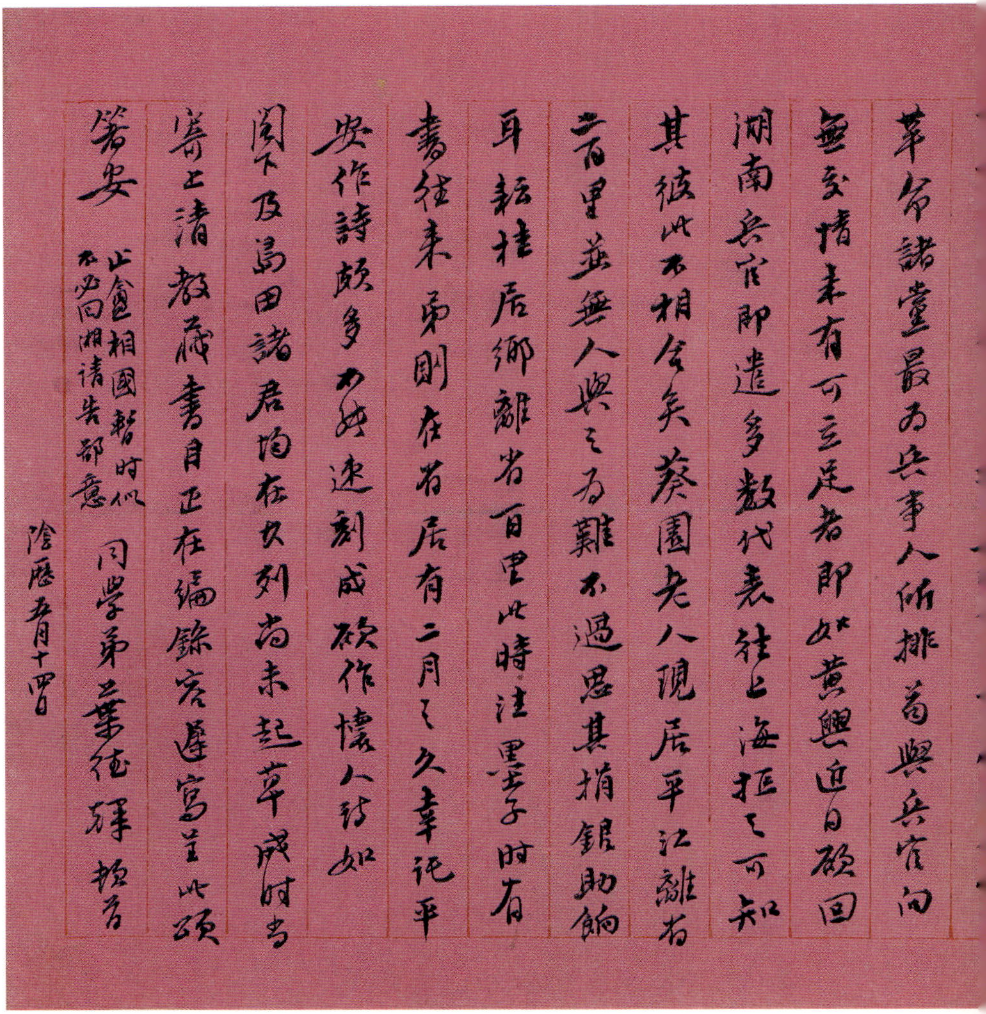

革命諸黨最為兵事人所排蕩與兵官向無交情未有可立足者即如黃興近日敗回湖南兵官即遣多數代表往上海拒之可知其彼此不相合矣癸園老人現居平江離省二百里並無人與之為難不過思其捐銀助餉耳輾桂居鄉離省百里此時注墨子附有書往來弟則在省居有二月之久幸託平安作詩頗多不遑速刻成碌作懷人詩如閣下及島田諸君均在其列尚未起草成時當寄上請教藏書目正在編錄容遲寫呈此頌箸安

止庵相國暫時似不必回湘請告卻意

同學弟葉德輝頓首

陰曆五月十四日

柔甫仁兄同學道契左右申江别後兩奉
諭書藉稔
動止吉祥德門納祜至以爲慰聞近狀頗有不適此
非先事之所逆知竊謂家口衆多自不能無期功之
戚寒暑遞禪亦難保無疾病之乘所冀天相吉人
勿藥可喜
嫂夫人將來同遊中國或亦却病之方耳弟在此因
族中修譜爲總纂一切目前尚不能有緒大約陰曆

四十二

七月以後始可回湘中國自堯舜以來由部落世界一
變而為宗族世界故中庸言治國平天下必本於修身齊家
堯典則云九族既睦平章百姓六朝唐人尤重門第是以
隋書經籍志于各姓私譜收錄甚多自後譜例之善必曰
歐蘇歐者歐陽修蘇者蘇洵也弟家葉姓為江左華冑
自宋以下衣冠簪組世代相承同族均在江蘇弟之籍貫
湖南不過流寓水源木本全在于茲同族以修譜之事
相推義不可卻故必待譜已修成之後始可回南近日時報

四十三

所載弟各事全屬子虛大約報館主筆人誤聽謠

言轉于登載湖南有家信上海有友朋詢之並無其

事亂黨造言儘可不辯弟待譜成後一定回湘無

所顧慮也唐詩三百首選北心眼俱高自幼童塾讀

書爲必誦之課本而選者自稱蘅塘退士無論名儒

碩學皆不知其何人他書亦無可推證曩曾與耘桂

考之至今未得姓名也芷節山處霞後函頻轉寄此請

撰安

同學弟葉德輝拜啓 舊曆癸丑六月十三日

槑雲軒監製

四十四

四十五

桑甫仁兄同學閣下過訪彼此相左渴念之至昨見
玉泉街賈舊書人知汲古閣刻說文江蘇書局刻說
文繫傳均為
閣下購去此二書尚非至佳之本必得孫刻祁刻校勘
一過庶乎有用王筠說文句讀說文釋例說文繫傳校
錄三種皆入門之書似尚易購中國陰歷已將新年
家製年糕四方聊佐茶話此請
撰安
弟葉德輝頓首
癸丑小年

高三益製

松崎蘇甫同學兄台鑒：舟中握别，爲之惘然。
凡事定數在前，此番出遊，豈初意所料。現在
住日清公司，一二日因湘江及各公司船均未到，所
以在此安居。此間乃伍鎮守所駐之地，伍鎮守爲
弟事游說于湯前，湯置之不答，蓋伍之心中亦
不悦湯也。同行貴國人極多，均相愛之。至弟與貴
國商人文士感情至深，每有葉家去函外，如朱蔚(?)
水坡事，今不可必矣。洋衣褲一包、洋帽一頂，費心送
交令(?)間楊君樹穀，匆匆不及作書，請兄告之。此請
台安。

北京電賀去，青島密電不能去。

弟葉德輝頓首　夏正正月初六日

日清汽船株式會社

四十六

柔甫仁兄同學左右：日前見岡西門先生，並出
手書讀之，知湘省情形擾亂未已。弟因上海族人修譜之事，本約
什月前往完功，頗有函催，故便道先往。回湘在胃，擬遠居僻鄉，
一意箸書，不問世事。古來鼎革時代，人民蕩析離居，亂後四處蜂起，
以今方之，殆猶太平時日耳。在京購得祁㝯藻原刻說文繫傳一部、
孫星衍刻說文解字一部，曾交西門先生，據云已由代理駐湘領事處
政次帶交，想已收到矣。此頌
安。

廉生劉君暫寓京師，詒刻返湘，見時催其早入京，以徐世昌已出山也。

同學弟葉德輝頓首　西曆三月初吉

北京公使館中山君轉交
閣下書並收到已久

四十七

柔甫仁兄同學閣下：別京已三月之久，曾接
閣下六月初五由長沙寓書，因終日應酬，未得奉覆，
深以爲歉。內開載說文諸書，皆係應看之件，以備按照
書目會同比列，共隨時收買，可以爲說文專家。大凡考據
之學，如說經解字，不獨不能用宋儒書，即魏晉以後之書
亦不可援引。字林、玉篇均非原書，郭璞、杜預解經不通
小學，頗難依據。方言、釋名雖係漢學，然以方言注說文之
杭世駿續方言在杭氏七種內，程際盛續方言在琳瑯叢書內，我家有之。
方言附有不合，改當博採各書引用之方言，以補其未備，釋

四十八

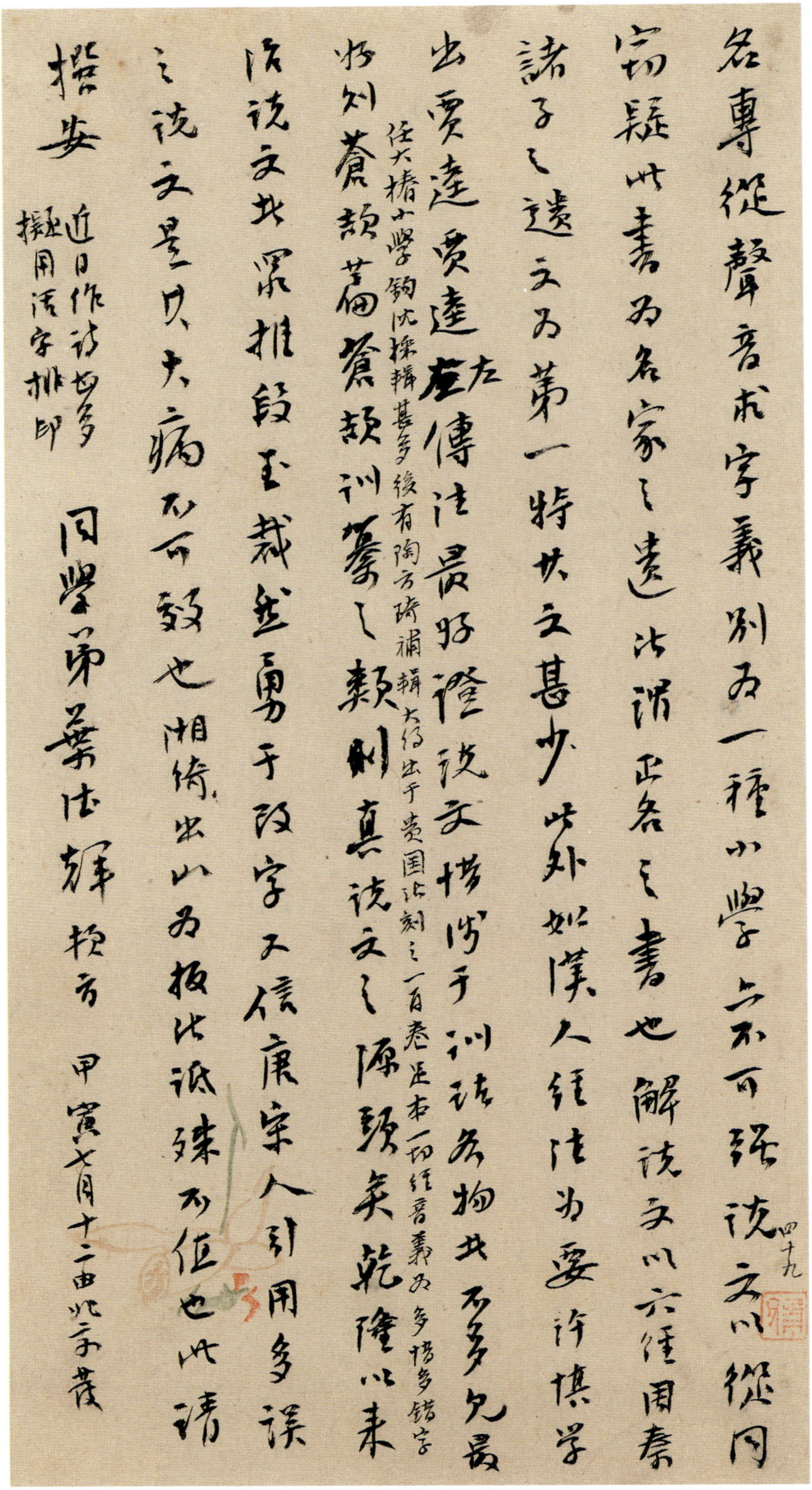

四十九

名專從聲音求字義，別爲一種小學，亦不可據說文以從同。竊疑此書爲名家之遺，此謂正名之書也。解說文以六經、周秦諸子之遺文爲第一，特其文甚少，此外如漢人經注爲要。許慎學出賈逵，賈逵左傳注最好，證說文皆得于訓詁名物，其不多見。最

（任大椿小學鉤沈採輯甚多，後有陶方琦補輯，大約出于貴國所刻之一百卷正本一切經音義者多，惜多錯字）

收刻蒼頡篇、蒼頡訓纂之類，則真說文之源頭矣。乾隆以來治說文者眾，推段玉裁，然勇于改字，不信唐宋人引用，多誤之說文，是其大病，不可較也。湘綺出以爲板比詆，殊不值也。此請

撰安　近日作詩甚多，擬用活字排印

同學弟葉德輝頓首　甲寅七月十二由北字發

桑甫仁兄同學閣下前日
枉顧暢談甚快此次意外之禍九死一生設無
大總統提出先復坡子祀之功令湯督發法庭安
訊此了結之速但湯督從此恨之尤切此間斷不
可久居擬於明日坐滬江赴漢經往北京乞先託
閣西門先生護送上火車以免再有他變是日不
敢出門尚望見諒此請
大安
弟葉德輝頓首

五十

柔甫仁兄同學執事：臨行諸承
照拂，感謝不盡。初六日至岳州，有信託守安先生帶
回。洋衣褲、洋帽等件，請交舍間點收。是日九點鐘
湘江船到，即坐此船。于此次早九點鐘抵漢口，住松廼家
旅館，樓房甚潔，勝于中國客棧也。到即訪岡西門，云
外出未歸。已等四鐘不見來，想是忙冗耳。此請
撰安

弟葉德輝頓首

五十一

五十二

柔甫仁兄同學執事：初六日抵城陵磯，有書寄
左右，想已早登記室矣。是晚附湘江輪駛行，次日早
抵漢口，有書詳達雨門先生。連日相見高橋副領
事及池部政次君（收藏明清兩朝書畫，頗有佳品，然皆中等名家），優禮相遇，并招飲府署，索書
索詩，客中無筆墨，草源以應，愧悚之至。有一書
寄雪愷民初，請其檢書寄領事府致雨門先生，即
將書十幅、撰藝危言四、嚴冬友詩也。此請
撰安

同學弟葉德輝頓首　夏正正月立春
日

五十三

柔甫仁兄同學左右：在漢由西門先生寄奉讀説文詩一首，又有函致粟井諸君，想已早邀存記矣。弟于二十一日由漢起程，至二十二日下午五鐘到京，次日見總理，詢其辭職原因，據云武人時代，諸事棘手（武人以減兵之事，犀有電攻之），總統制立，內閣必撤消，不以早職辭，以免臨時難于收束，日內難爲大總統堅留，則有位置，然甚不願再入政界，日下風潮相激，戰啟，此時已將束裝赴天津矣。隨見揚度祕書，言弟被捕之事，並無實致中央，惟有家信與湯化龍，事頗陰險梁法（啟超）部大不以湯爲然故湯無從施其計大約（五十四）在京不過一二月即行南歸此時已備呈帖呈達大總統將來得一名譽上之位置即可歸而侍親也楊樹穀劉肇隅同行到京因事于未得致書（到廠肆如見孫刻說文祁刻繫傳書購以相贈）左右處爲問安楊君仍爲孫代理挽留然不久于此一俟總統制定可以同歸北京連日大雪卻不十分寒冷前二十年無此氣候豈鐵道交通天時亦爲之變耶　此頌

台安

弟葉德輝頓首　旧曆正月二十四日

五十五

柔甫仁兄同學左右：到京有信寄上，想已早邀
台覽。此間朋友極多，頗不寂寞。應酬之外，時在琉璃廠
書店閒坐。孫刻《說文》、祁刻《說文繫傳》已得原板各一
部，南還帶歸奉贈也。書店舊書尚多，中國買者
亦有數人，然價已較前十餘年數倍矣。貴國亦時有人
來京買書，卻是尋常之書，宋元板固少，有亦無
識之者。昨已有信呈大總統矣。此頌
撰安。

弟葉德輝頓首
正月二十六日

五十六

萊甫吾兄同學道契左右：到京已一月，諸事了妥。弟因江蘇族中有信到京，催回通上海修譜完局，是以不及回南。在上海不定有多少日子，以去年稿本未齊，是以中止。族大人多，故有此費手之事也。茲託楊君蘇詒帶交祁刻原本《說文繫傳》一部（後附校勘記一本）、孫刻原本《說文》一部，即以奉贈，玉祈察收。到上海再有信奉告也。此請撰安。

弟葉德輝頓首

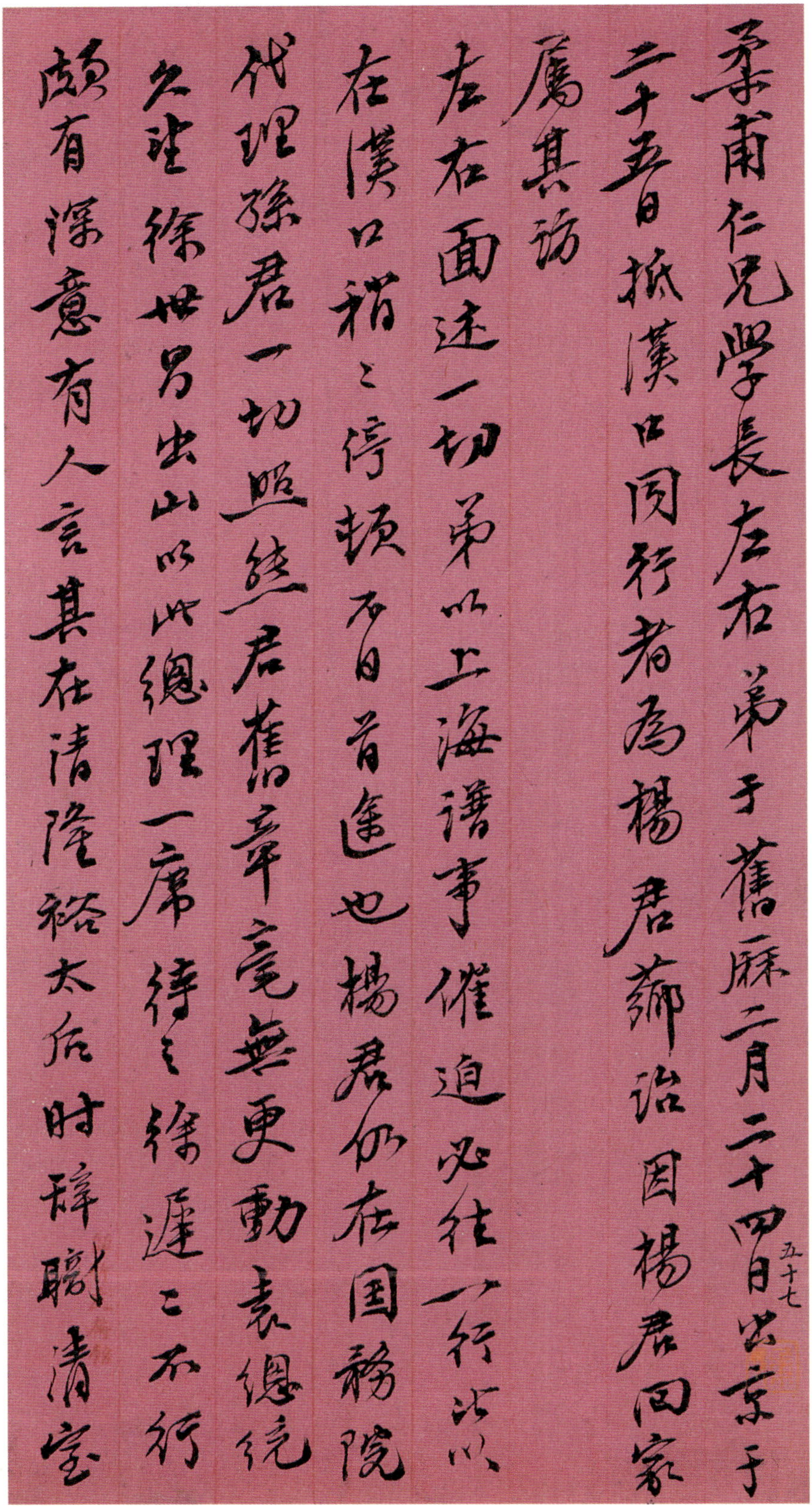

五十七

葉甫仁兄學長左右：弟于舊歷二月二十四日出京，于二十五日抵漢口。同行者為楊君蔚詒，因楊君回家，屬其訪左右面述一切。弟以上海譜事催迫，必往一行，此次在漢口稍稍停頓，不過旬日首途也。楊君仍在國務院代理孫君，一切照錢君舊章，毫無更動。袁總統久注徐世昌出山，以此總理一席待之，徐遲之不行，頗有深意。有人言其在清隆裕太后時辭職，清室

葉德輝致松崎鶴雄書札　二十八　二十九

堅留徐而凡未後有誓不在民国做官之言此所以不五十八
願爲總理以違誓詞又有人言徐非不出山以政局党
派紛爭不願与若輩周旋（劬忘）現居青島亦安閒清
史館徐曾薦王葵園柯鳳孫于蕙（武校）君三人爲總裁
以其官尊非專重文學然京師公論于葵園皆無
異詞特恐葵園年老難于北行也未決而趙爾
巽忽然自請修清史有信求大總統欲佔此席
其信中有應报清朝二百餘年養士之恩等語

此人大是可笑京城學者皆報館主筆無論為新
為舊皆以為笑談或云趙爾巽本人之意並不在此不
過宦界發動藉此上奏不久遂動他往此不過
借往而已京師政局如此弟斷不能久居于此觀此無謂之
戲場弟並不以清史館如王柯諸人為之則尚可略參
末議他人則不與聞惟有歸隱岳山自修一史以為家
乘相斂以費不過二三萬金弟或能為之耳此請
台安
弟葉德輝頓首

五十九

萊甫仁兄學長左右奉讀
覆書敬悉
起居萬福至以爲慰湘綺老人回湘乃畏京師炎燥
似無一去不返之意此老初之官場亦頗高興瞿相則
決然不來已有書告鄙人矣劉巡撫乃故人性情亢爽心
地慈祥湖南連年苛虐甚重小民痛苦已極得此可前
來培養我者甚有生氣乎鄙人前此來京乃避湯鈺控
之獄非畏其別用武力也新例江案六十日無效即應取消

六十

六十一

自三月至今已百餘日應可早歸因在京候家中寄書
字此已經日久大約再有兩旬可以回湘矣在京作詩甚多
歸家即可付刻從此屏除人事日與
閣下討論說文小學各書以成
閣下之著作大是妙事推鄙人此次已受破產之累商店
既已與三舍弟分析此來用費已近三千元以後收拾難恢復
則無錢買書矣一笑此頌
大安

弟葉德輝頓首　甲寅夏正六月六日

六十二

秉甫仁兄學長左右：日來雨隔，不得謁談，殊以爲悵。近印出鼎革以後詩集，檢出七分，分呈

教正，分請轉寄各友人。如許先生近居何處，

當續寄也。此頌

撰安

弟葉恭綽頓首　甲寅夏五月初三日

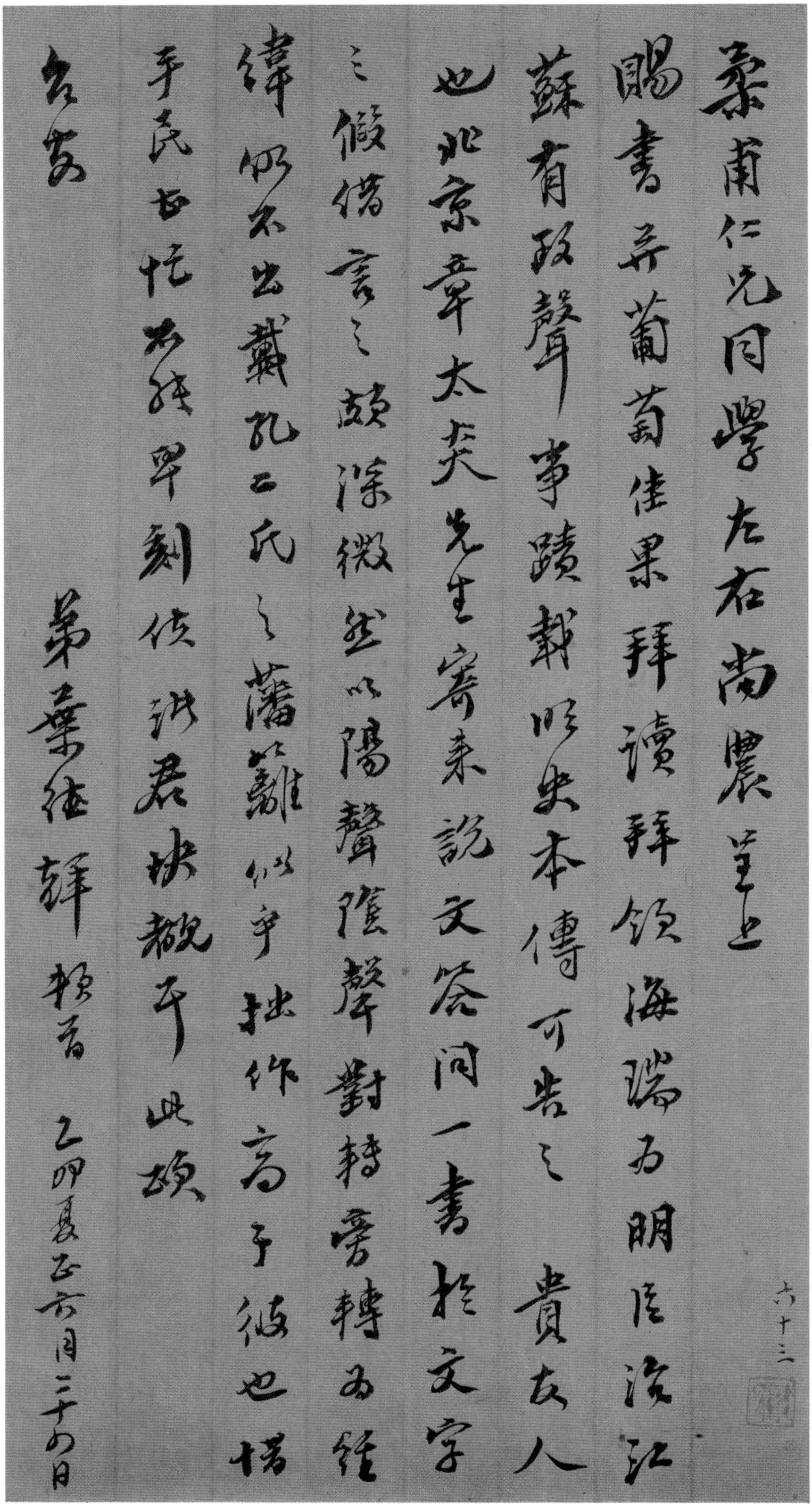

棻甫仁兄同學左右：尚農革上

賜書并葡萄佳果，拜讀拜領。海瑞爲明臣，濱江

蘇有政聲，事蹟載明史本傳，可告之貴友人

也。北京章太炎先生寄來《說文答問》一書，於文字

之假借言之頗深微，然以陽聲陰聲對轉旁轉爲經

緯，仍不出戴孔二氏之藩籬，似乎拙作高于彼也。描

手民甚忙，爲孫畢刻，俟諸君快觀乎。此頌

台安

弟葉德輝頓首

乙卯夏正六月二十九日

六十三

桑甫仁兄同學左右奉上石刻二種一爲弟作古文一爲弟作駢文古文非桐城亦非陽湖頗有自樹一幟之意無如桐城陽湖已成兩派終不能許我參此席也駢文雅近唐人而覺不能逃出有清風氣之外則時爲之也湖南人以王葉並稱京師海内亦以此云云其實二王皆老輩不敢與之比肩亦不願與之比肩也公當于貴報中一洗弟之冤屈一笑 明日早先此頌

台安

同學弟葉德輝頓首

鶴甫仁兄同學閣下：昨日謁賀新年，適逢

公出未晤，悵然而返。冬晴日暖，敬邀

公作竟日之談，即命家庖略備醴筵，擬于明日午

後兩點鐘屆

駕來舍小飲，或早來二三時，以便暢談并看書畫。不

知有閒否？如蒙

惠然肯來，掃榻以待也。此請

台安

同學弟葉德輝頓首

六十五

葉甫仁兄同學左右：奉

示已悉。近作六書轉注說已脫稿，又作六書假借說尚未成。

此二篇擬作一手卷書之，以供

閣下審覽。覓得佳紙再報

命也。此請

撰安

弟徐鐸頓首

六十六

象甫仁兄同學左右：奉
示并纏足考此文不必登還，即由尊處寄往
貴友可也。三井之事已面請戴君渠長願意，
但云草某經手之事須彼此截清方可着手。且
現有大批紫銅賣買交涉，非戴君不能進行此
事。閱之甚同鄉井也。此頌
台安
弟葉德輝頓首

六十七

柔甫仁兄同學左右：中國婦女纏足者已令尚農將抄錄文件奉上，計已早登記室矣。三井託覓協理商務之人，有戴廷貴字季梅，湖北人，從前為官署房吏，官場無不相識，將軍趙援兩署同鄉相往來者尤多，往在將軍署充顧問，軍界上下皆相識，交天樂居為其大股東，又開有益昌厚錢號在下坡子街，撥省城巨商常與聯會。三井如果聘請，弟即作介紹人，請轉致新來大幫可也。此頌

台安

說文中有注國字四十七字共
已將其例說明寄匯抄上

同學弟葉德輝頓首

六十八

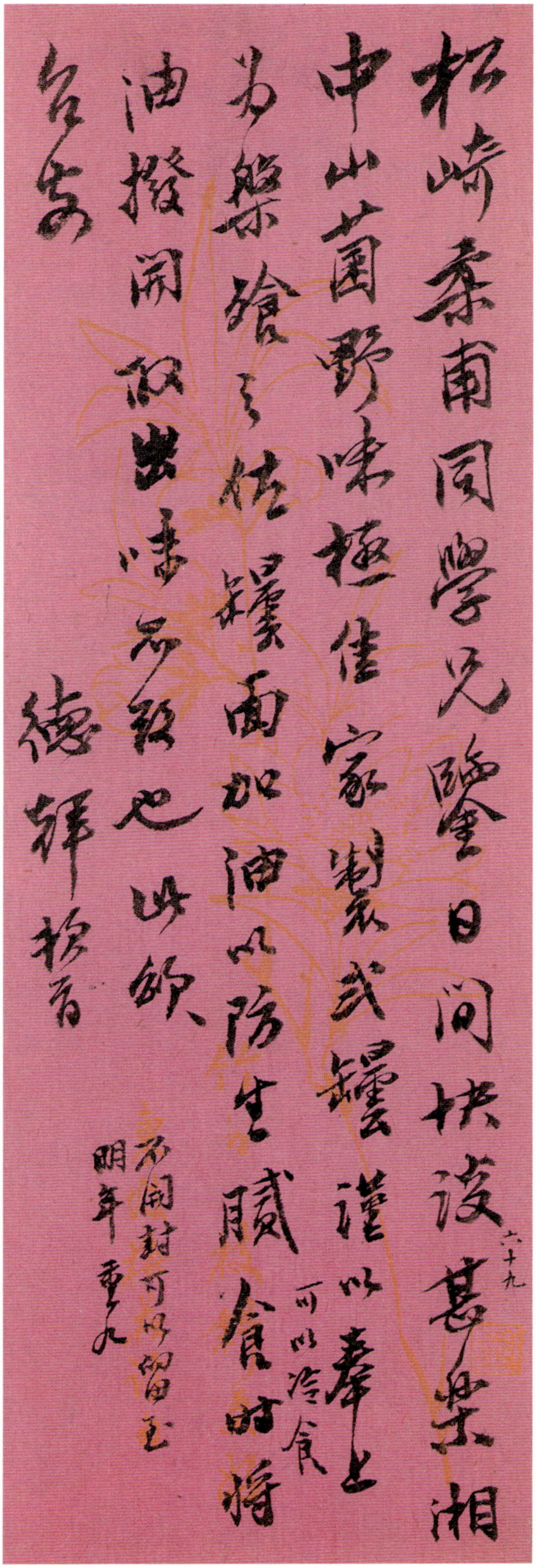
松崎秦南同學兄鑒：日間快談，甚樂。湘中山蘭野味極佳，家製式罐，謹以奉上，可以冷食。為槃飧之佐。罐面加油以防生膩，食時將油撥開取出，味殊鮮也。此飭，台安。德輝拜啓

不開封可以留至明年重九

六十九

菉甫仁兄同學左右：項城考終，黃陂繼位。就目前論，國民愛國似高于墨西哥。據祿命之學，袁氏命運乃必死之運，今年又不吉之年，弟早已言之，可知中國此種學說極有效驗。又可知五行之說較西儒四揚（風火水土）之說為長。弟一生已自推定，數年必有一風波，然亦決無危險。戊午以後其運絕佳，有十五年順風揚帆之樂。蓋自今以後，蓋將如王湘綺之老滑頭，于世界中成一種熊希齡人物也。舍間一切知蒙照拂，感謝難名。鄉

七十

始蘇同泰年製

軍容軍既已分陽爲營從此永歇兵事黄陂與湘督
有師生關係地位決不動揺章太炎今已自由喜出意
外此公倔强更勝于比鄂人項城在位決不令其南還梁
與黄陂感情既深前年在京每與晤談極稱頌其行
事中國人純以感情用事所以軍有軍系政有政系
此次段内閣乃有系之人在官場多年才極穩練黄陂
交歡似易爲治也弟到上海一二次一宿即回江蘇在
此搜訪家族中先祖輩事文在上海訪繆小翁已赴

七十一

姑蘇同泰年裝

郎園手札
二

京在蘇訪本家鞠裳編修渠又往上海終日無一人與談只好遊山遊園欲作一詩一聯心緒極亂此間天氣炎熱因於湖南偶賠教育會中人云經費極困苦深羨湖南士氣之强不知因弟一人之功也大名鼎鼎之嵩山函友張謇亦不能爲地方造福可知中國人負責任如弟者若輩視之直笑其不識時務而已欲知真民意弟乃真民意代皆官話耳一似天乎此敬頌

小澤先生前輩乞 政意

撰安

同學弟葉德輝頓首

丙辰夏正五月十日

姑蘇同泰製

七十二

柔甫仁兄同學閣下：久未奉書，時以為念。尚農來書轉述尊命，極感。復辟之事，胚胎於袁皇帝時，改一次會議於彰德，二次、三次、四次會議于徐州、天津，擁兵各督軍凡屬北洋系之人皆已畫諾，惟段始終含胡。此熊希齡電阻各省不可復辟之文，此由來熊固知其內情也。張勳鹵莽，不足與謀，不過北洋系各督軍利用之，使打頭仗以觀風色耳。風色好則大衆揚帆而前，不失王侯富貴；風色不好則大

七十三

罪轉舵仍歸原位使張勳入為罪魁張勳適用兩七十四

電已私暨托出民黨一如汪精衛章太炎皆極攻馮國璋

正以此中祕密馮與陸榮廷皆與聞也不然瞿中堂沈乙庵

勞玉初以及雷陸軍策外安皆一派老官僚豈肯于一發

者昨日新聞報論此事將來結果極透徹極精微總之

（印北洋系是也）

此數十年去一項城化出千萬項城去一張勳必添出無

數張勳不知何時天生聖人統一中夏也至于國體君

主民主之消長全恃此次歐戰乃轉移德勝則全球

必趨于君主之一途而往焉。德法再勝則全球必趨七十五
于民主之一體而法爲之主。龍頭今日中國之變由于
美法兩國，比潛移而俄國之變由乎中國之感化。若全
球易體，恐 貴國亦孤立無援。從此民與民爭，終無干戈
寧息之日矣。中國已二三十年皆是賣友貪功殺人肥
己之世界。項城賣清室，馮段又賣項城，今日北洋系賣張
勳。他日則賣本系亂根已伏，近則本年一變，遠則一二年
一變。求如項城之多數年安靜不可得也。弟在上海只

與繆小翁一人往來（左孝同亦往來）其他遺老皆未見一面排復辟之謀

亦有人告知弟言種族問題固是一種障礙即今成為

事實則宣統虛位不過一傀儡之黎元洪而已遺老皆

不以弟言為然甚毅然決然必欲速行者則康有為梁

鼎芬耳此一二月內尚有新聞出現閣下試拭目俟之

白岩子雲在上海二十日來二函信中原多故弟亦難作

（杭州有阮刻石鼓全分尚是阮元舊石如印出即奉贈先此奉告）

遠游貴國之行恐不果矣此頌

台安

弟德輝拜啓

夏正五月二十五日

東來義

柔甫仁兄同學左右奉讀

賜書祇悉一切書籍得

閣下籌畫感謝莫名到蘇已月餘十日九雨晴則無

浮屠於湖南在寓時時校書著書即未做詩以無朋

友引唱也到此曾遊虎邱一次童山曠野遊客甚稀

玄妙觀在城市中亦一破廟僅有正殿此二處皆明時

唐伯虎遊春清乾嘉時黃蕘圃買舊書處今非

昔比我來時已三度滄桑矣作詩亦成作楹帖亦

七十七

不成對此世局無可下筆。于黎公正位入手辦法，步趨袁公，籠絡野心家頗其就範。此袁氏以來結局者，黎氏能有此本領乎？幸段内閣亦有世界眼光之人，以儒將兼政府，暫時可保北京秩序，其他則非鄙人所敢知矣。江南賴馮宣武之武力，水陸肅清，比于四川、廣東則誠天上，比于湖南亦在百尺樓矣。湯亦健者，湖南省城之人固無不感激者矣。此頌

撰安

弟葉德輝頓首

丙辰夏正六月初七日

七十九

素甫仁兄同學左右：前日奉
書，並述兒子尚農命，令欲弟不入京入滬，誠可謂孝之
至矣。特不解彼何以不强弟之呈請將書移城外或鄉間
遠？自以來湘省安乱非常，不知是何景象。前此各省獨
立，對于中央之教誡，必曰險象環生，此等險象究是何人
演出？彼非不知也。今此推倒政府，對于中央之報告，必曰爲
眾推舉，此等推舉出之何種人民，彼亦自笑也。共和譬
如鼠疫，獨立即是傳染，此風一倡，此事一成，貴國不爲波

及弟不之信，今之大限已慮及之乎？光黎同鄉，握兵柄者八十

僅一陳一湯，陳則兒拒于川，湘湯則潛逃于漢口，戲文中皇

帝自稱孤家寡人，黎氏當之誠無愧矣。湯去年迫令伸高

抵制日貨之事，今日似可于拔低獲拜矣。來

書詢及祿命之學，此事入手六數為難，其書通行者爲命

板本極多坊行書也

學津，某古書則有李虛中（唐御史）命書、岳珂（宋岳飛之孫）珞琭子賦二書，殊不

易得。弟有之，一刻尋不見也。祿命不外五行生（代也）克之理。

天干五行：甲乙木，丙丁火，戊己土，庚辛金，壬癸水，是也。地支五行

子（中包癸水）丑（中包癸水辛金己土三種）寅（中包戊土丙火甲木三種）卯（中包乙木）辰（中包乙木癸水戊土三種）巳（中包庚金丙火戊土三種）午（中包己土丁火二種）未（中包丁火乙木己土三種）申（中包戊土壬水二種）酉（中包辛金）戌（中包辛金丁火戊土三種）亥（中包甲木壬水二種）是也。又看沖合（沖如衝突，合如歡迎）。甲與己合（化土），丙與辛合（化水），戊與癸合（化火），乙與庚合（化金），丁與壬合（化木），此天干之合也。子與丑合，寅與亥合，卯與戌合，辰與酉合，巳與申合，午與未合，此地支之合也。子與午沖，丑與未沖，寅與申沖，卯與酉沖，辰與戌沖，巳與亥沖，此地支之沖也。甲乙木克戊己土，丙丁火克庚辛金，戊己土克壬癸水，（庚辛金克甲乙木）壬癸水克丙丁火，此所謂克。卯相刑，害亦猶之沖也。甲乙木生丙丁火丙丁火生戊己土戊己土生庚辛金庚辛金生壬癸水壬癸水生甲乙木此所謂生即相扶助亦猶之合也人生五年一運所行之運如與生之月干支相沖害則必死即不死亦大不利蓋純乎五行之氣爲之然中國土地以黄河分南北南人生大地方外命中多火者以水克之則吉北人生水方外命中多水者以土克之其他妙奥而須持書指示非筆墨所能寫也西人哲學只水火風土四物此即印度佛學也以物質言者也中人哲学有水木火土金五行此上古易学也以理氣

八十三

言也漢時許鄭兩大儒皆知此種祿命之學許于說文
解字包下云男年始寅女年始申男左行三十女右行二十今人
算命尚本其法鄭玄本傳自云今年歲在辰明年歲在巳吾
不起矣此必其祿命與辰巳相沖害故自知其必死也然此等閑
法皆准太陰曆行之若太陽曆則不驗　貴國市肆中究竟
中國則屬之瞽人專門
有此等算命人否此事學之精亦大有趣味事　弟將來亦擬
筭一書使人易學也日本郵便局長通信處以天氣寒熱
尚未往不見此信即交僕人所投非弟親往也尚冀久無

信來不知此月日會同書籍如何存放觀今日時局中
央之對外全襲袁皇帝之舊文特表最後以武力
解決蔡段則未知其用心上海遺老欲恢復清室猶之康
紹儀伍廷芳之恢復共和皆係自己不敢登臺而為人抬
結崇都可謂知進知退知存知亡者矣有信致易君
嗚村請交會同送去湘中乞詳以相告陸為湘粵兩
省所推重之奇人數年以來敬頌
撰安

弟葉德輝頓首　丙辰夏正七月十二日

柔甫仁兄同學左右前日有書寄　貴國郵局呈上
左右想已早邀
台覽矣舍間由湘寄来程潛討湯薌銘檄文又將綫名
列入可笑之至壬子冒湖南軍事嚴捕弟之人名爲
唐蟒實則程潛今此二人在湘省城決不能安靜不獨
弟一人一家也尚震不能弟言不肯將書籍寄上海又
未搬出恬園弟總不放心竊謂城内非城外商埠此輩號
爲文明略知法律苟非領事保護恐非

左右之力所能保護尚農如能爲弟命弟一搬上海第二
則于貴俱樂部左右佃一房屋安放以便附屬于尊処
則于外交法律均可對付黃陂雄略遠不如項城目前
敷衍應付又不免有鄉黨之見陳宦之智湘南胡瑞霖
之長閱者皆不見也至當日滇黔粵桂之認爲總統爲
推倒項城利用其室各極野心非出于誠服也在蘇見
黃氏士禮居所刻周禮即此三禮之一也
朗刻儀禮旅費不充不敢買可笑可恨乎此敬請
台安
湘事請詳告敝
貴國兵船內否
弟葉德輝頓首
丙辰陽曆六月十六日

八十六

桑甫仁兄同學左右：前有函由貴國蘇州郵局（八十五）寄上，計已早達

記室矣。得尚農家書，言友湘省情形，殊深危懼。

申報此載書，確有此訪（問），施文堯無故被戕，可見某

據照中惟有殺人流血一事耳。程潛、唐蟒皆癸丑

發兵捕遠鄉人之人，其殘忍之心與湯薌銘無二。今

見程潛討湯檄中以鄉人列于湯黨，可見此非土

匪，只憑處憎之私欲，不問事實之是非。劉人熙老

菴皆庸方人利用陸榮廷知湘事靡爛故班師而
回廣西猶之蔡鍔見川事不佳乃堅請辭職果啟趙
欲粵事不利乃歸而治表湘人以拒北軍圍安而不
知反以土軍召亂湯薌銘以獨立附和民黨而卒爲民
黨出排民黨以自護國稱兵而卒以爭都督相殘殺
螳螂捕蟬黃雀在後殺機伏後而人不知二千年來
閱世已深覺佛家果報之說亦有至理徐寶山陳其美
宋教仁殺人實多人亦從而殺之陳宦湯薌銘冲滑

八十八

政府之人吾知其必為国人共棄黎氏用人行政推知

有同鄉以胡瑞霖玉麐爲之令其長閩苟此其用人一

事即遠不如從城郡人非有老親在堂早已遠適

異國矣會同書籍已與尚農詳細開單此輩殺人

不通信如湯薌銘之待鄙人彼時雖起交涉而

屋已搗毀書已散亡惟有徒手浩歎而已鄙宜搬運出

日清公司及貴国領事如有正式公文致湘政府便可不搬稍緩乃前議

挂貴国派軍司令旗如閣下來居之亦妥善也

此時鄙做不到

城或在俱樂部左右細屋如能寄上海更妥也此頌

撰安 湘事乞詳告

同學弟葉德輝頓首 丙辰舊曆六月十八日

松崎仁兄同學閣下：連日見申報、時報，湘省長危，不知貴國有兵船在此否。今同書籍前屬為豐農租俱粟部左右房屋存放，若如搶劫兵燹爭鬥之事，則恐城中不免有兵火之虞矣。昨有函託易咍翁請其飭尚農移鄉，此事重託閣下與易君何如可以安全，即以何策為善，弟處可以放心也。弟亟欲將六書古微刻出，書林清話速刊，以寄貴國學者。此種學問，中國只弟一人。繆小老能言板本，而小學不如弟。年力之深，董大理
康

九十

傳（增湘）書跋六冊之言，板本之外，弟見古書三十年（九十一），多自
謂此兩種學問可以獨步一時，非吹牛皮也。太不得
閣下書忿湘事，夜不成寐。川湘粵三省糜爛不堪，陸榮
廷不署湘亦不獨督粵，其亦知難而退乎。弟在蘇得之
三族人搜求先世詩文，散多逸聞佚事，將來刊出亦東南
文獻。比聞貴國於宗族之學不甚講求，此文明中缺典也。
西洋似部落之俗，更不足以語此。手此敬頌
撰安。　弟德輝頓首　丙辰中伏

棻甫仁兄同學閣下：前寄來
大作七絶一首，因中用沐猴字誤瀉（寫），茲特抄出奉上。又弟
近作十葉寫奉
台政。弟詩與二王各為一家，不相同也。寄懷湘中諸子二十六首，
弟未留稿，祈令尚農抄出。弟擬秋涼回湘，程荃雖為曾、朱、
陶望所共攻，然仍在省城，恐有無禍，請商之貴國領事，託
一貴國名義，正式行文湘政府，保護（部人）唐兒（彼）等，不至有所侵犯，
閣下能辦到否？譚延闓奉督湘之令，手中無一卒一兵。

姑蘇同泰年製

九十二

九十三

何能控馭軍隊恐仍不免二三年之怪象也上海喧傳
陸有野心欲割據東南半壁東南各將軍聯盟防之
梁任公現匿上海以廣東危險又竄陸有不測之事張倪
招兵江西福建連防此皆有深意蘇州學界中人多可與
談居此二月交遊漸多均勸弟設歸本籍大約設籍之後
又將以我為教育長乎便中奉聞共博一笑手此敬頌
撰安
弟葉德輝頓首
小澤先生并乞致意
丙辰立秋日

姑蘇同泰生製

葉甫仁兄同學左右：前日奉寄一函并詩稿十葉，次日接到

手書，知湘事未甚糜爛，心存之稍安。於添井之文年未通信，函迫悼亡之書，修書致唁，命作詩相慰，已附致井之函中，別錄一紙印存尊處。弟擬遂秋涼還湘，前函詳行期，更安襄。弟四十日來此上海，大局一刻似可挽定，諸侯聯盟，隱似割據，可危也。此頌

台安

弟德輝頓首　丙辰立秋後三日

九十四

柔甫仁兄同學左右昨日奉到
手書知拙著詩文前次皆遞
台覽甚慰大藏經 貴國明治時刻有巾箱本八千餘
卷上列宋元明高麗四本字〻異同 蓋此大藏全經有
宋刻明刻元刻高麗刻是貴國已知之 有清一代
雍乾二帝皆通禪學乾隆刻有大藏經京師有經
板庫同即藏板處外間名山大寺請有藏經印此
本也唐人已有刻經今燉煌縣鳴沙山石室出殘編

九十五

有唐附刻本（附刻本未詳）已印入石室祕錄甲乙編唐司空圖一鳴集九卷中有爲東都敬愛寺講律僧惠確化募雕刻律疏其人在唐末世僅此一種想以前各經亦必多有刻本也避諱之書現通行二種一齊召南歷代帝王年表後附帝王廟謚年諱譜其書道光時有文選樓刻本翻（旧書店中有四冊）板亦多避諱錄五卷則湖南寧鄉黃本驥撰在三長物齋叢書中然均至道光而止無咸同以下也此頗撰笈（以賜書借鈔及日）

弟葉德輝頓首

丙辰夏正十月初四日

五年前版隨校

九十六

桑甫仁兄同學左右：前日奉到
手書并抄示以拔一則，此於黃陂怨望兼及鄙人蹤跡。
不知鄙人往何處也。黃陂繼位之日，各處皆有賀電，
獨一文一武無之。文者鄙人，武者張勳，本是一種出人意
外之事。此電一傳，上海新申華報又罵起鄙人來。黃
陂此舉殊為蛇足。鄙人有言：袁氏乃鐵錘總統，翊王之
似圓，其實堅硬，不易手弄；黃陂乃皮毬總統，任人足
踢，隨左右之人，亦不必以手弄也。鄙人無用世之志，政府

九十七

九十八

無用人之權曹汝霖熊希齡伍 貴國議員一反對便
爾告終 鄙人不似王湘綺豈能日日與人向財政部討
錢耶 白岩子雲來蘇相訪鄙人亦隨至上海晤有吉欽
事太否伯爵岸田田中兩先生白岩招飲於貴國
花園大列女樂而松野適由東來歡聚旬餘鄙人因
蘇白岩同國水野去北京雲散風流又增一番感
慨矣 有書與尚農求交去即頌
撰安

弟葉德輝頓首 丙辰冬至夜

錦賢堂

九十九

柔甫仁兄閣學左右：今晨奉到
手書，藉悉近狀。尚農來書，寄到《六書古微》刻本，
其中尚有訛字，破體不可不細校改正。此書全爲
閣下閱字而作，自覺高出于段、桂諸家。
閣下閱鄙人此書，而以孫星衍平津館仿宋本參校，方知
許氏爲倉頡功臣，徐鉉爲許氏功臣，孫星衍又徐鉉功臣
也。孫本亦有二三十訛字，皆由宋刻原本之訛，鄙人已校出
（儒者成林，而鄙人此詆，故改儒學）
青雲堂
容遲抄寫寄上。《清史·儒林傳》已改名《儒學傳》，湘人入

者甚稀耒　書法舉船山魏鄒羅曾郭王諸人乃百

其正學曾以事功見羅以軍功顯不應入于儒學湘綺

初收蔡園生存均無列入傳之例湘人可入儒學者為何道毋

然不曾注經又不曾講學塔只可入文苑湘潭王山長岱（岱康熙舉鴻博）張

陶園九鉞武岡鄧彌之輔綸皆文苑中人如鄒人修史亦不定

在必收之列　必此許其排何等人不必以籍史傳而史必以人重

趙甫其豈修史之人都不如看三國演義水滸西廂可以

醒渴睡也土匪鑄像薛覺如各衙門前石獅不久即無

人舉其姓氏印章而有數十年之福命，此亦如楚霸
王之廟貌、忠賢之墳墓，有人毀之、掘之，歸于銷滅也。去
冬蘇城嚴寒，冰凍十日不解，轉新年始和暖。據故老
云，為二十年來未有之光景。且向來小雪到地即消，而去
年乃大雪積寸，聞之湖南亦然。想天公為我二人作此惡
謔耶？湖省儒學無派，亦如革命黃興與蔡鍔，不自謂
之亂而已矣。近作《榜人詩》四十首，閣下亦在內，俟寄上。此頌
撰安

弟葉德輝拜啓

丁巳正月初四日

柔甫仁兄同學閣下：頃奉

諭書，祗悉一是。前井井先生來書，閣下未有附信，知

為臨時漏封，偶爾笑談，不必討論矣。革命一次，節人

即多作詩一卷；客遊一次，即多著書幾卷。文王憂患

而衍易，屈原放逐而作騷，我思古人，更不可失此時會

矣。近日作釋人一篇（非釋人以證之也），自人之始生至於轉生（死而），以及不死

成仙，皆於六書中考出，其他星命、醫術亦包括其中。

尤奇者，西醫書云腦氣以筋，男女之精蟲珠卵，無不

百一

有之此時正謄稿如能急刻附于拙箸六書古微之後固大佳否則第二批印行時補入亦可弟與易吟兄書云弟之經學小學通於神明非獨湘中二王無此精奥之作即起錢段桂王於九京與弟坐談恐亦不能不心服也又作孫刻說文解字書後一篇亦於字學大有關係又作釋笑（竹部末一字）字義一篇駁段注从犬之謬論（前寄懷人詩本五十首有三首未抄以刺湘仲某也）進當寄呈大教匆復不具并頌

撰安

同學弟葉德輝頓首　丁巳夏正二月十四日

秉甫仁兄同學大人閣下昨奉
惠書祇悉種切東游之約本白岩水野二君去年在
上海此婧成本約櫻花時往遊今已過時大當別作
計畫矣　閣下東遊商開可也弟久欲往　貴國一行
因　家母不欲弟遠遊故絕無此等遊興今国湘局危
甚遠居江蘇與東遊　貴国無異故樂得抽間一往也
貴國尚有三種書經人搜得其一顧野王玉篇在
貴国一僧徒此著篆隸萬象字源中一宗本說文解字

東來義

一百四

即孫氏刻本所出本湖州陸氏皕宋樓收藏今已售之
貴國岩崎氏一晁氏寶文堂書目聞之島田翰彼見
見之此書撰自明人中国四庫未收只存目言板本學同
者如繆小山翁皆未之見此弟所欲借抄借校者也近日此寄
回各書及補著說文各篇均在尚農處當必見過百年
內文字板本二種弟同推鼎玉精自謂前無古人後無來
者之至何修勝我耶　手覆敬頌
著安　蘇册上無說文新出之書　弟葉德輝頓首
丁巳閏二月十二日

百五

東來義

秉甫仁兄同學左右：日昨奉到

諭書，驚悉竹添井井遊仙之訊，為之悵然。井井先生近十五年

內始訂神交，彼此均未謀面，因先生為左傳之學，宗旨相同，

故庚辛以前每歲必通一二回音訊，因交誼得其一次賜函。正

去年先生悼鄙人，為作挽詩，今年得先生覆函，并詩幅二，

精神完固，學力堅強，初不料數月之後得此噩耗，東方老

宿同俄彫零，可傷也。繆藝風、沈乙盦兩處，當代為通知。

藝風不工於詩，乙盦似有心疾，將來有挽詩與否，不可知。

百六

百七

若鄙人則無論如何必有數詩以代柬翁之哭鄙人往日作貴國三君詠一時添一永井一鹽谷今存者推鹽谷青山先生矣佐藤膽齋後此通函未相見附錄近作一卷中有壽康有為詩投與袁克文唱和詩此君亦可云廣交矣章太炎為黃興作墳銘故鄙人之六書古微不敢請其作序太炎經學小學誠不如鄙人然海內可與談此事者亦正寥寥去道東矣　閣下得毋聽然手覆敬頌

撰安

同學弟葉德輝頓首　丁巳閏二月二十八日

桑甫仁兄同學閣下前接井井老人詩音曾有函
復并寄呈釋音字一篇想已閱過交尚農發刻
六書古微至此其義已盡鄙人小學自謂勝于段王桂
鈕諸老先　閣下視拙著書當有衡鑑章太炎太錢
貫徹文字源流正坐為段王諸家書法囿耳拙著如
刻上早談　閣下可帶多部同國學好友人憑刻之廉遲延
未必不欲也　佐藤膽齋先通園鄙人有書挾之乘
約赴上海往訪推袁二太子姑終不欲與之相見也特

百八

郋意乃略示于騰齋此彼正被債户控訴更不暇與
人應酬矣郋人東遊之說昔自白岩水野二君原約看
櫻花因水野未與白岩接頭無人伴送故久虞期爲避
暑之遊未往皆白岩送迎水野作地主此時水野出
遊南洋羣島須陽曆五六月始歸彼時偕行往東京
白岩亦巡閱長江公司亦恰於此時回國而閣下亦因避
暑而來千里一晤此樂亦無極也手復敬頌
撰安
同學弟葉德輝頓首　丁巳夏正三月十日

百九

秦甫仁兄同學左右：今日奉
書，敬悉種種。白岩、水野均同遊 貴國看櫻花，因水野作
孫楷定不知去向，是以花時竟負佳期。以探知水野往南
洋，于夏間回上海，此時白岩亦回日京，均定同伴偕行，亦必
再結此伴也。《釋善》一篇已交尚農，大約可以補入也。
閣下面語尚農，將已刻者一面開印，一面補刻，以且加入，以免
耽擱時光。此書亦獨 貴國求者必多，即敝國亦必大行。蓋近
來西洋各國皆精研東方文字，往時祗東方文字繁重

百十

不適于用者今後文學博士精材博者皆知東方文字
冠于地球彼于七十年前早已適商但先正我国皆用楷書
無頭無腦　貴國知文減省筆畫不知兩国文字源出於篆
以指隸草與後來挂丁之末流同失之離散其相似在今日
西儒通中學者多而能攬其大體彼前輩此步其之後又有
博士專者十三經而後知東方中日兩国軍国民主義與道
德上之倫像勝于新舊約之虛誕政離向日最信教之法
國今皆進化祇宗教於贅疣德國科學甲于地球于宗

一百十

教之造天地日月人物等荒渺之說，自然不攻自破。即如貴
國開文明國已二千餘年，維新以來信教自由，不過一種外
交形勢。其實貴國此三四十年文學士所著書，皆以中國
古學及西洋科學哲理成於汗牛充棟，而言宗教者
間無其人可見。貴國人心之目，只可謂信教自由為口頭禪，
而自由信教為根本法也。拙著六書古微，本指剖析六書
為前人所未有之會新理，亦足供西儒之研求。「其」釋著釋人二篇，
自謂空前絕後之作。釋人包涵中國數術方技西人科學

百十二

拙經貴國素敬服之俞曲園、宗仰之章太炎，烏足當
鄙人一毛髮耶！出此等著作，蘊蓄於胸中廿三十年，一
旦因
閣下之問字，遂傾筐倒篋而出之，則鄙人千載之名，其
閣下也。閣下來湖南八年，光陰非虛度，皆鄙人遣
年棄老，來得時時聚首，一生好為據事耳。井之老人
挽詩書來，脫稿以他事相擾，始未卒成也。手此敬頌
撰安
弟葉德輝頓首
丁巳夏正三月十三日

百十三

柔甫仁兄左右：疊奉
瑶函，均已裁答，知先以邈
台廑矣。竹添井井老人挽詩四律奉寄
斧政，又寄
閣下二首，并録呈。今年作詩無多，以无人作在
訓文字一時不能肅清，東遊以來，掃除一切，專意
著說文解字攷訂一書，他皆謝絕也。此頌
撰安
弟葉德輝頓首　丁巳夏正三月廿有

百十四

百十五

桑甫仁兄同學左右　前月寄上竹添井〻老人挽詩
四首　又寄懷
閣下二首　想已次第邀
鑒矣　今日上午接到日麻五月初九日
惠書　敬悉種〻　東遊有白岩水野作導師　以助
乘風破浪之興　較之沈南蘋一輩人獨來獨往者
殊有天人之別　揩
貴從友錢偕行　是一快也　湘省風聲唳鶴　時有訛

聞葵園匿居鄉間，蓋即因此湘綺新逝，吾道日
孤，四郊多壘之時，豈吾輩所能託足，正不獨
閣下攖之久膺此也。道鄉館叢刻亦懸勞，弟已十餘
年相識之人，未見其佳處。中國和尚趨勢利，講聲氣，
與貴國和尚無異，湘綺最好與此輩遊，殆亦一種習
氣，弟不尔也。加藤膽齋有書來，并錄近作見示，乞
有書答之，但彼此未相見，近作與康有為、袁克文相
訓應，樂善堂主人頗非之，然猶有岸吟香老輩守

百十二

舊之風雅。今甫翁三年未見，近不知其蹤跡，大約同
體相國必知之，其弟亦未見。瞿相也六書古微、尋文字
之根源，括世界之新理，以釋舊釋人之篇，為極精極
博之至，不能為抑。乾嘉諸老如段桂錢王，亦不能為孫宗
衍及左盦、康劉鞏陶三序跋亦佳，蓋想吾徒也。書
林清話之言校本，惟以翁可與談，亦弟精心結撰之書
竭來猶未來，唐人詩用之，亦俳優之意耳。此頌
撰安

弟葉德輝頓首 丁巳夏正四月初六日

百十七

森甫仁兄同學左右：今日奉讀五月十九日
寓書，知寄懷
閣下七律二章并拙老八挽詩七律四章已邀
台覽。我輩文字之好，朋友之樂，苟非政府爭競，豈非
佛說所謂極樂世界乎？乃一波未平，一波又起，湘省排日
之舉動又將發行，此次無弟在湘，恐不能兩無傷損也。
貴友田村剛偕同野角明來蘇北過訪，必相迎，非不可
以陳白巖相例。弟在湘省尚不願與之相東西，上海

百十八

青雲堂

江湖詩人何堪與之爲伍耶

閣下知己，嘗爲我一脫董石精也耶。問中國繡刺緣起，向無專書，惟漢書云黼黻絺繡，鄭玄注畫一者爲繪，刺者爲繡。詩終南黻衣繡裳，毛傳五色備謂之繡。此中國女繡之見于經典者。其餘漢魏以後閨閣之詩小說雜記，如鍼絕（三國孫權趙夫人事）見拾遺記，鍼神之類（三國魏文帝美人薛靈芸事，亦見拾遺記），不可縷述，如有人彙而錄之以成一書，亦大觀也。手此敬頌

撰安

弟葉德輝頓首

丁巳四月初六日

青雲堂

百十九

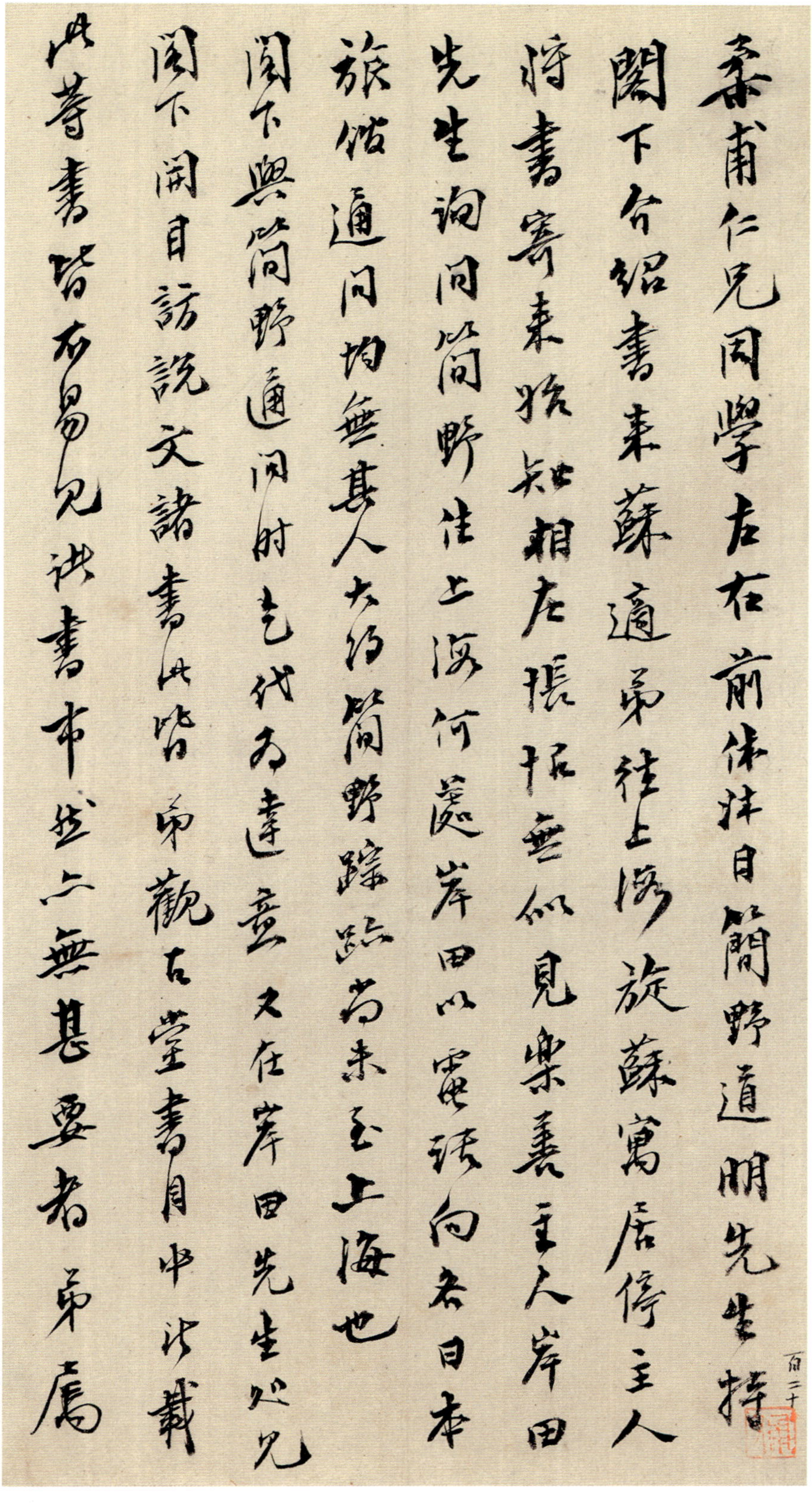

秦甫仁兄同學左右：前休林自簡野道明先生持
閣下介紹書來蘇，適弟往上海，旋蘇寓居停主人
將書寄來，始知相左，悵悵無似。見樂善主人岸田
先生，詢問簡野生上海何處。岸田以電話向各日本
旅館通問，均無其人，大約簡野蹤跡尚未至上海也。
閣下與簡野通問時，乞代爲達意。久在岸田先生處見
閣下閱目訪說文諸書，此皆弟觀古堂書目中所載，
此等書皆不易見，此書市並亦無甚要者，弟屬

百二十

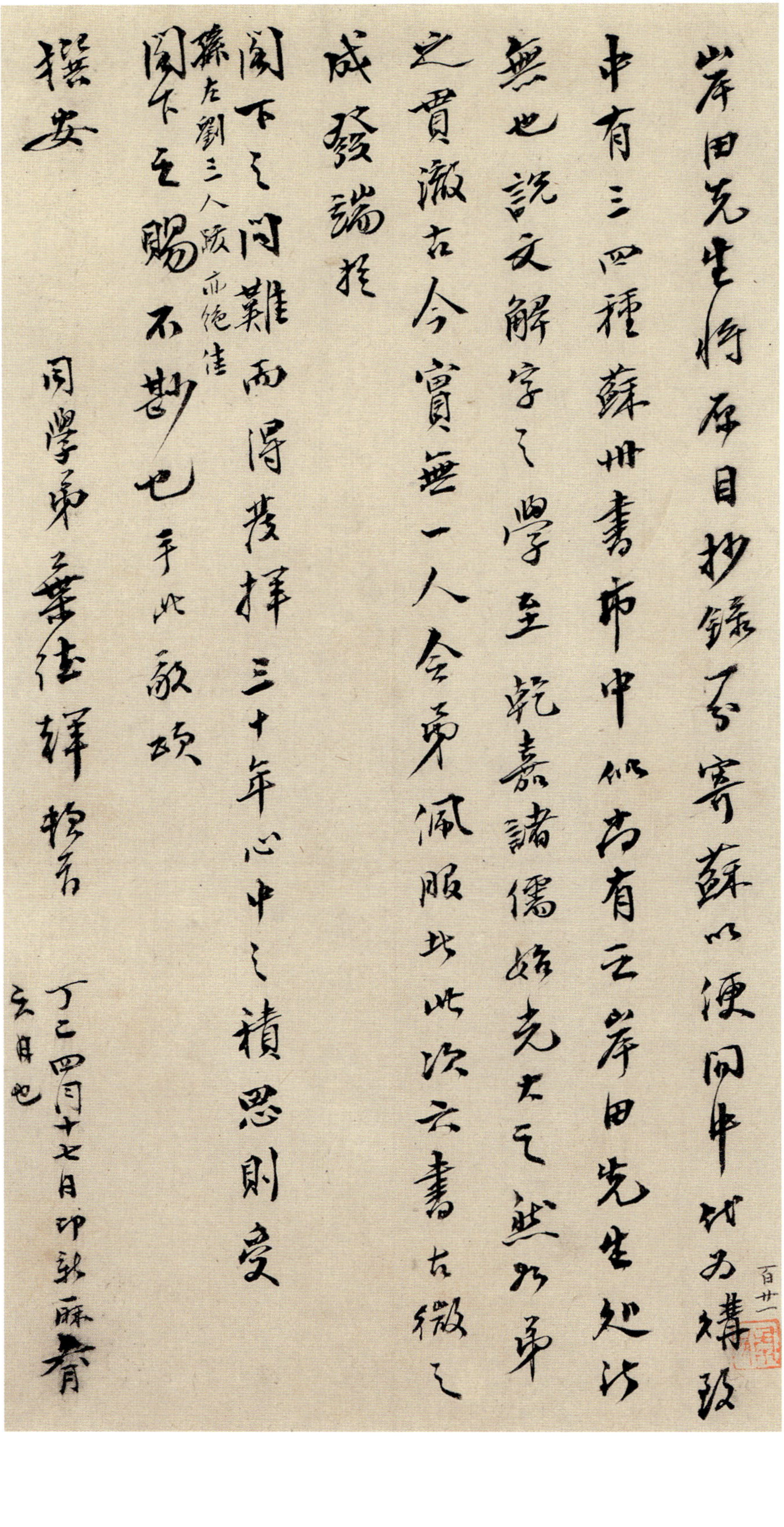
百廿一

岸田先生將原目抄錄寄蘇，以便同中村為搆致
中有三四種蘇州書市中似尚有，云岸田先生處訪
無也。說文解字之學，至乾嘉諸儒始克大之，然於弟
之貫澈古今，實無一人。今弟佩服者，此次六書古微之
成，發端於
閣下之問難，而得拔擇三十年心中之積思，則受
孫左劉三人跋亦絕佳
閣下之賜不尠也。手此，敬頌
撰安
同學弟葉德輝頓首
丁巳四月十七日即新曆六月六日也

桑甫仁兄同學左右今午奉到六月十五日
萬書藉悉
起居勝常至以為謝簡野田村二君來蘇相訪簡
野相左而田村得見一面之緣殆亦有數定耶白岩
已來上海兩次適出因陰雨連晨未克赴上海訪問
其於端午後有漢口之行或取道長沙亦未可定水野
和尚近不知雲遊何方此　貴國僧家之孫悟空一
筋斗可行十萬八千里此等人在世間真可謂神行

東來義

一百七十二

太保矣垂詢說文諸書此間比上海偶無可見必當留心無由致 岸田先生屬其將 閣下諸書一一自抄錄一分寄蘇久不回信未知何故 閣下在湘游學得此絕學回國應不負此行蓋字學 貴國本隔一層敝國此時亦無人專門考究即二王先生爲文學巨子於此等學問絕屬旁門他處如二王者更少見豈非東方絕學乎來書似有羈旅之感不知何以感觸而言此弟揣之湘中耆舊凋零湘綺去世葵園居鄉弟又久不還

百二十三

里閣下離羣索居故尔匆匆不樂耳然乎否乎吾輩
以天地為逆旅以著述為子孫但使學問有成九州四海皆
我文字之所流行印我靈魂之所栖止禹入裸國而同裸
閻猶形迹未化也歐亞紛擾此謂爭利權此皆以爭飯
碗假如地球上皆如我輩人作信天翁則干戈可以永息
天下可以太平　閣下謂憂世之人少弟則謂憂世之人多
如不憂世則忘世矣豈不兩無比爭哉　此頌
台安
弟葉德輝頓首　夏正五月初二日

東來義

一百二十四

柔甫仁兄同學閣下：頃奉

寓書，祇悉種切。東遊者作罷論者，一因天暑畏途中

炎熱，一因北野梅曉往南洋群島未歸，同伴無人。

決計明年櫻花時節一行，庶不負此海王花耳。

閣下還珂，道過上海，此時當可聚首連旬。鄙人之意

擬以集合一文社，盡以平生之學共之貴國人，用武時代

絕拒此虛願，奈何奈何。此頌

大安　李、何諸人仕貫，別紙呈覽，高邑不知其詳。

弟葉德輝頓首

夏正丁巳六月初八日

東來晨

百二十五

李瑞清字梅庵江西臨川人光緒癸巳科舉人甲午進士翰林院庶吉士改道員分發江蘇宣統辛亥署江寧布政使司兵亂棄職逃走

何維樸字詩孫湖南道州人何紹基之孫同治甲子科副貢捐中書改道員分發江蘇久居上海賣畫自給

鄭孝胥字蘇龕福建侯官人光緒壬午科舉人捐道員辛亥授湖南布政使司亂前入京議官制未反於亂

吳昌碩字倉石浙江人江蘇候補知縣亂後隱上海

熊希齡字秉三湖南鳳凰廳人光緒辛卯科舉人壬辰科進士告殿甲午補殿試選庶吉士戊戌以康有為案革職後開復原官捐道員補奉天鹽運使司辛亥亂起逃至上海袁樹勛前兩廣總督領銜希齡楊文鼎等聯名電請遜位

吳嘉瑞字雁舟湖南長沙人光緒丙子科舉人己丑科進士選翰林院庶吉士授編修改道員補雲南迤東道辛亥棄職逃歸

柔甫仁兄大人閣下：今日還蘇取字畫，途中冒雨稍有不適，伏案作七律三首奉送行軺。居停一日赴滬，想登舟必在晚間，不能握手再談。弟歸期無定。十一月十六日為家母八十生辰，擬求 節山之尊公 青山先生撰一壽文，想在通家必不見卻。青山先生東方泰斗，得文表揚，榮于華袞矣。此頌

見时先致奉之，屆时當草具事略再函乞也。

撰安

同學弟德輝拜

丁巳七月小盡

百廿七

秉甫仁兄同學左右 台從返珂汶曾奉
手書旋即裁答書已早邀
鑒閱矣湘省雖有戰事以城垣已毀決不至有爭
城據險之憂今日誰爲主客誰爲正僞鄙人不得而
定之不過此去彼來官錄行多費出千萬紙幣已千
世局之可笑未有如今日者 家母八旬壽辰求
青山先生作一壽序即有事略寄上四本即希
收入以二本并信轉寄 青山先生及其令子茀山

東來義

百卌八

摺奉承井以添諸老已歸道山不能得其一詩章示來禩猶幸青山翁健在又爲壽者多男之人以之撰文雅與題稱弟遭時多故不能逢迎冠蓋爲世俗舞綵之常得海內外文士詩人播之鴻篇何勝于各要人以賄賂汚其乾沒汚其身有雲泥之別
閣下閱之必將以弟爲罵人語乎手此敬請
著安
同學弟葉德輝頓首　丁巳夏正九月初二日

百廿九

東來義

菉甫仁兄同學左右今日來上海正接

閣下陽曆十月廿三日來信知家慈壽啟四本已收并轉

受青山先生父子二本此啟因郵封時未印出多本故只寄

四分今再寄上十本如遇友人或弟相識之人請分送求一

詩將來刻之家集以見受遊之廣是故揚穉之道也

夫人既偕至湘中 閣下遊學通恆皆有室家料理內政

則一意治學不至分心此十年中日親善四字大招牌高標決

不至有分馳之事況歐戰以後中日兩國迫之不得不攜

百壽

手同行此又可以預斷者也信中云内藤先生到湘搭不相
値如日内到滬當向領事署探詢之貴國文學之士
每來蘇州必託蘇州領事介紹來見可見貴國人士傾慕
鄙人之誠懇窮廬聲不能爲他山之助耳湘省新事有粵
桂爲之從擾兩時恐難平靖今日誰爲政府誰爲亂黨鄙人
亦看不分明此六朝五代大亂之時其稍文明者只搶錢少殺人
耳俄國尤可笑　閣下生于日本真三生之幸矣此頌
撰安　弟葉德輝頓首

丁巳中歷九月十七日

柔甫仁兄大人閣下：前月在滬不及暢談，至為悵悵。

尊從返國後，於九月廿二號寄來一函，誦悉

起居勝常，閣府清泰。夫人雖有小恙，不久必調養就全。

閣下學成而歸，名山自有千秋之業，世間功名富貴，皆如

過眼雲煙。家貧非苦境，乃樂境。今日歐戰紛擾，敝國庫

盜如毛，故爭者即富。若人人安貧，地球長此太平矣。

閣下閱之，得毋赧然乎？《六書古微》近日校出訛脫之處極

多，正在校改。當時謄寫清本，乃從予舍生為之謄寫，畢

東來義

百卅七

未遑親校，忽急付刊，刊後又因案書多，以致印行未及更
正。其議論通達，能使治小學有門徑，其神智開明，頗偶有
訛脫，讀者心知其意可也。他日當請賓民、初我、許季純、王遲
長手寫付刊，致成大本，以便傳之千古，及歐西各國，則此初刻印
行不多，尚不至貽誤來學也。投裁湘省與粵桂之事，不知其
何如何，但長沙無城垣，則非郡守要塞，不過土匪暴民恣攻
府庫，互相來去，決不至如四川有險可憑，反易糜爛也。此頌
撰安

同學弟葉德輝頓首　丁巳十月初一日

棻甫仁兄同學閣下本欲致書
左右因聞返湘在即恐致浮沉頃奉十一月廿二日
諭書備悉　夫人病尚未全　閣下因之留滯人生行止本
不能自由即弟亦擬冬月南歸不料又逢兵亂湘省數年
劫運會聞屢次驚惶兇輩不聽弟言將書移回上海蘇
州至無政府之時弟亦別無辦法以後只得聽之天命城存
與存城亡与亡　貴國長沙領事似已易人然據尚農來函
云有駐湘武員本村居保護　弟每次家信言此于尚農

百卅五

百卅六

兄弟子孫產業弟既受付託不與聞　閣下關切之深亦無
不心感也凡國家威信即人民治安無論何種國體柄魁
一失亂即如麻國民亦無所謂程度無君主賢相總持于
上則强食弱肉大抵相同觀于近日俄國亂象何曾白人
勝于黃人諸願　貴國士大夫鑒于中俄之覆轍毋學西洋
政黨之弊動搖本根庶東方留一部清涼世界孔子曰君
子矜而不爭羣而不黨豈非聖人獨照萬世之言乎此頌
撰安
同學弟葉德輝頓首　丁巳夏正十月望日

東來義

柔甫仁兄同學左右：久未通緘，積思無已。湘中亂猶
未已，不知何日能歸。蘇州幸是祖庭，松楸白雲，
歲時瞻拜，具區萬頃亦足移情，雖無西子扁舟，
卻有龍威秘洞，致足樂也。南農來書云葵園老人
于十一月廿六日捐賓客（丁巳夏正），聞音哀悼，不覺爲之注然。弟才
鄉居三十年，與此老共事講學共二十餘年，門戶異
同，時有爭論，而數承滴蓋，相與成知己，平生海內
盡矣。湘人向以王葉並稱，湘潭之王去歲騎箕，長沙

百卌七

百卌八

云王先生作古，弟雖頑健，孤往不鳴，且著書畢，稿已削去長沙此衡嶽洞庭，未足斷斷于洙泗也。近作挽此老七律四首，皆此二十餘年以彼此經過之事，又一挽章，均錄呈鑒定。前此寄來大作詩稿，以文書堆積，未暇一讀，今已箋定，一并上呈。何時去湘，當有計畫。夫人病當全愈，甚念甚念。馮國璋又逃，可笑可笑。此頌

撰安

弟葉德輝頓首　丁巳夏正十二月十六日

菜甫仁兄同學左右今月接到日曆十二月初七
日手書敬悉一切湘亂之後金間藏書幸託
福庇得以無恙書事急時尚農有書來告急弟
知長沙屢經變亂均皆幸免必不至十分糜爛現
在土匪皆衣冠變幻比破得者墨西哥弟家陳
藏書一無比有若輩何比覬覦耶駐湘武員
貴國本村先生于尚農非輩極有交誼此次湘省
無政府時代本村印來金間　家母乃移居金綠

甚貴國俱樂部一事定各返故居弟本擬今冬
回湘一行因此次展緩　家母生日六秩稱觴中原
無主盜賊橫行今日全球皆為強人勢力比俄國
自共號為強國乃一敗塗地人民無辜被害其擾擾
中國辛亥之變尤多所見國體無論專制共和政府
無靈便如死人滿地矣　貴國政府其亦有此儆戒
乎　大作各詩容冬間校改此數日尚在上海一休
沐期內即回蘇州内藤湖南來蘇亟欲寫相訪

百四十一

適值弟出门未得相見内籐留下影抄本古尚書一本弟進信至上海託日書公司轉致道謝長沙葉刻書林清話尚農並未寄書來蘇是否刷印發售弟無從知之弟揣此時湘亂甫平必無暇及此或者書目先印出先定價耳　夫人貴恙當必全愈此時雖在醫治想是肝病未必緊要也今冬台從是否可以到湘便中乞示知家母求　青山先生壽文不知撰就否乞向節山一探問之此頌
撰安
弟葉德輝頓首
丁巳日曆十二月廿四日

柔甫仁兄同學左右：昨奉日歷二月初九
惠書，知前達一函并大箸詩稿均已收覽。弟在外兩
載，本擬于去冬歸省高堂，適因湘亂再生，遂爾中
止。此時南北互議，勝利究竟不知結果如何，羣龍無首，
戰血玄黃，至今日乃知袁氏不失爲曹孟德一流人，
黎馮真公孫瓚、劉表耳。中歷二月將同族人去
江之湘州祈山祭掃先祖石林公墳，並此時貴國櫻花
正開，又不能如期而至，當是弟與此花無緣逢也。

百四十二

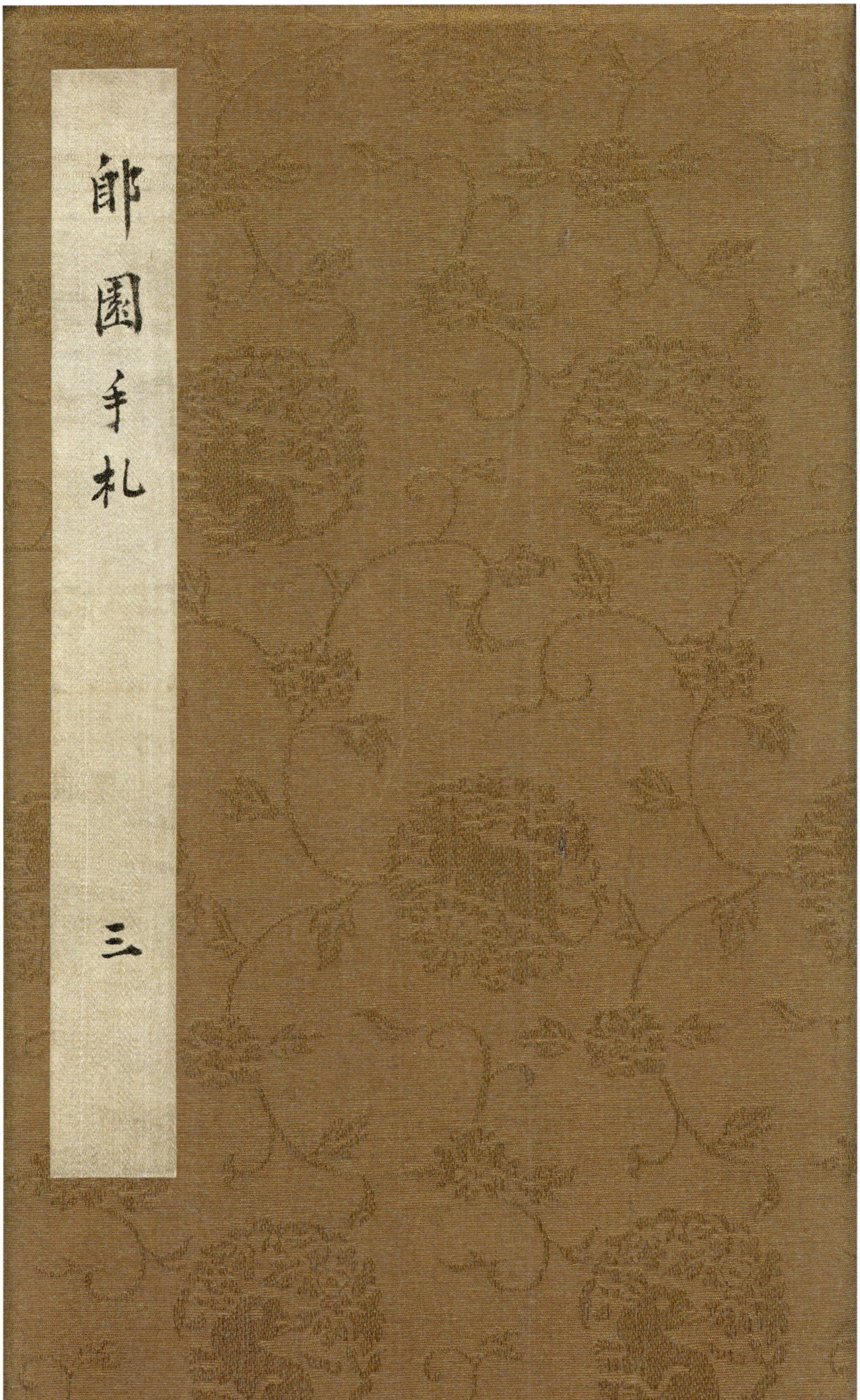
郋園手札
三

蓬瀛往哲多矣。葵園去世，其夫人甚賢，能嗣君雖 百四十三

僅數齡，當不至為人欺侮。惟未成之後漢書補注

唐書注一時未傳；清稗恐其家人未必能繼續刻

成，是可惜也。屬代作挽聯，茲已撰就，別紙呈

政。尚農來書，臻香閣遺錄及書林清話已刻成，不（先二十五世祖姑葉小鸞仙蹟遺事）

日可以印行。此列弟稿，命勝于葵園處，老境也不

至寂寞也。元旦成詩四首，并以錄呈。此頌

撰安。

同學弟葉德輝頓首 戊午新正初五日

題吾長庵兩先生詩文，當可快觀否，得無謝

柔甫仁兄同學左右：久不奉書，正擬問訊，適奉
來札，伏慰。吳外長沙大亂，搶刦一空，幸舍間全
得以無恙，然此天幸，非人力也。書籍書板尚農慶
次支應不免，移運上海、蘇州，自丙辰以後又受三次驚擾，
弟有家信告之，此次並不過問，成毁存亡之數，皆付之
于天。每到無政府，則人生命財產且自顧不了，何能及
人？自古亂世，圖書未有不遭刦者，弟亦從此作達觀矣。
瞿止盦相國去世，湘中耆舊凋零盡矣。土匪石湖

百四十四

百四十五

南土產近日價值儗落與礦砂相同天下無君印無
政府此中國亦猶五代之世亦貴國南北分裂之時不
知何時得有安寧之日瞿氏在政府袒庇新學甚遂
清室一半非袁二人之力所能辦到　宗死海上不
可謂之榮哀屬姚定挽聯稍緩可以报命　弟作觀畫
百詠亦博雅亦精深蓋合考據賞鑒為一事不僅詩之
工也已交尚農付刊但一時不能出版耳此致
撰安

弟葉德輝頓首
庚午三月廿七日

百四十六

柔甫仁兄同學左右：旬日未奉
書，不知夫人病已痊否？長念之。湘事北軍雖
勝，大局仍甚不穩。蓋南軍皆竄寇，百無能
事，一月無飯吃；北軍皆富翁，百有能事，一月
不安寢。居同此商民、農民、船戶之等人，受苦尤
甚，無可說也。書籍、書板受昂高農弟之不復過
問，此後成毀，聽天由命，只算那生無此物而已。三（閣下須之否？礪齋此）
月中旬，從子礪甫來蘇，挾有字畫多件，大半出

百四十七

而且精擬偕其舅氏同游　貴國并以此藏字畫
售之　貴國賞鑒家但　貴國匯水較之上海洋銀
只有七折　弟欲力阻其行　未免掃興　不知　閣下交游中
有收藏家可以介紹否　蓋計算匯水乃古董客交
易之事　若收藏家必不吝此心算　閣下必深悉此
白岩往年例于此時來中國故無信通知恐其不值也
中情狀也　如承指示　礪甫將得南針　弟物亦可
附帶數件存之　貴國　不至有兵燹之厄也　此頌
撰安　同學弟葉德輝頓首

戊午四月廿八日
日歷六月六日

柔甫仁兄同學執事 頃奉
惠書祗悉近況夫人肺病在中國醫書無診治之良
方西醫于此等病狀亦云束手從養家有習靜之
法終日吐納不問世事此責之男子猶不可女人本事操
作安有此閒日矣此病蘇人尤多因肺中黴菌滋生之
故黴菌中國舊醫書之癆蟲也礪甫從子近往北京已
半月 尊處介紹書已交其內人非彼東遊或者鄙人偕
行則大快也 紅崖碑乃貴州胡南交界之澀山崖洞磨泐

百四十八

之字湖南鄒漢勛有釋文亦是臆揣未必真確大約此等（鄒有遺書弟處有之） 百四十九
文字乃上古蝌蚪文法鄒以為殷高宗伐鬼方之紀功碑殊
為無語孫詒讓乃金石家所著書言字學者皆釋鐘鼎
彝器文字為薛尚功鐘鼎彝器款識一派近代阮文達（元）朱為
弼吳雲吳大澂皆其徒非許氏之學也易經伏羲文王周公
孔子之書廣大精微漢儒猶不能窺其全體皇清經解中
各種不過發明漢學並不能得古聖之心傳弟於此書
但考致其陰陽消長以為星命卜筮之用嘗用其數以推

星命頗有得乎心往年推袁氏於丙辰年必死甚驗果 百五十
然此閣下所聞也今又得段祺瑞之星命如果星命
有准此人明年必倒甚且有身死之患但不知渠生
年月無誤否據友人以其命理見示乃乙丑（同治四年）己卯（二月）乙亥（初九日）
癸未（未時）八字明年行丙運末被金尅恐有性命之傷也
閣下欲問易學自古儒者說傳不同故今人通行程傳（宋程子）朱本義（朱子）
以其淺近也雖然此書校說文尤難恐不易學也手復敬頌
撰安　弟葉德輝頓首　廿年五月廿七日

桑甫仁兄同學左右：前日奉到
手書，并爲礪甫介紹各書，一一收檢。礪甫現往北京，
此十分天暑，故不能來貴國也。此盦相國於此了局，世兄
又不能振起書香，亦與王湘綺、王葵園之無子相似，則吾
家子弟能讀書、能刻書，固可喜也。文學傳家，本是難事。
中國推徽族在蘇州者爲文學之族，世有著作，爲人傳誦，
不僅科甲富貴也。弟箸《書林清話》，板在長沙，幾遭危
兵火，幸刻店見機甚早，已運往長沙鄉間不當砲火地，

百五十一

位並板雖在印書列若期也先二十五代祖姑疏香閣遺錄已印出尚農必寄呈閣下此書極有趣味神仙之事必託文章以傳其中題詠之詩過百家殊可觀也長沙屢經兵亂市井蕭條華國皆兵幾與德國比饗愷乎皆盜賊君主時代時聞官兵剿匪今日則官匪剿百姓矣弟暫時不回湘夫人是何病甚何以日久不愈也念念手此敬頌

撰安

弟葉德輝頓首

百五十二

柔甫仁兄同學左右：久不奉
書，時深馳念。夫人貴恙近日想已安痊。從子礪甫本
欲東遊，因聞
貴國貧民鬧米之風，恐書畫難于售
賣，往來旅用不敷，是以遲遲吾行，恐怕此又作畫餅矣。
貴國維新以來，工業發達，遂至國富而民貧。西洋經濟
家近來亦頗悟此中利害，蓋工廠操之于富商大賈，以千
萬人之苦力，供十百富民之肥私，此豪縱兼并之風。中国
三代聖君及孔孟聖賢皆深防其害，而料西人特以此為

百五十一

强国之计国强而民弱人心积不能平于是均产大同之说

起德国以农立国近来工商奋起追驾英美诸邦其二三

哲学家亦曾有失其本业之虑可见我中国古圣君圣

人之先见并非儒生迂谈也此次欧战争兴工商消场

何有深仇积恨争至结果无非将苏彝士河西伯利亚两

水陆通中国之路权分于德人手中而已而此四年以内之生命

财产已不知破耗多少悦犹未有已时耶夫国之本在民

民之本在农假使各国同安于农业则衣食足而礼义兴

百五十四

地球上豈不同享太平之福乃政府終日為富商作傀儡
平日視國民如螻蟻之物戰時使國民供鋒刃之餐海戰勝
而潛艇出而制之砲臺固而飛機得而擾之使其用一利器
更不能禦猶可雄視五洲無如機械相乘降其下焉則何如
不用此毒物彼此相安其可乎則何如各務農業不為商人
作傀儡乎世界人人共明此理則兵禍可以弭矣弟迂遠之
談近于佛老然自必有哲學大儒由吾言而擴充之以成一種
學說以存萬世公道　閣下幸勿以為非也弟近日居蘇

百五十五

仍不敢回湘此等政府令人見之必有評論評論之結局又演一湯薌銘捉人之笑話是誠可以不必矣去年著書兩種已刻成正在刷印 閣下可信致尚農殿之近自擬箸書一卷名秦漢印例考正在下筆此亦弟一種小學即說文序中所謂繆篆是也此種小學實難前人偶有著書言之不精亦不盡弟若不爲無人爲之矣近作秦漢兩王印七古一首錄稿奉上此頌
撰安

弟德輝頓首　夏正戊午年七月十一日

百五十六

柔甫仁兄同學左右久不得
左右書思念之至數日前奉寄近作秦漢錄印七古
一首并襍論中外時事此時想已達
覽矣礪甫從子去北京一月始回蘇州頃又因訟事復無大反覆古丁取消
起同湘來東恐不能踐約　貴國鬧米之事刻已弭平庚
戌湖南首亂亦如此　閣下猶記其情形否貧民困苦由于趨
工業而棄農田日獲之資不敷一家之口食將來地球各
國内亂均在于此不獨美國均產之學說徒止託之空談也

百五十七

二

拙箸觀畫絕句力主北宗，此亦復古之談。其實北宗工夫

學問皆近考據，所以北宗。初董巨二米，遂開南宗一派。然董

巨有時工細，不盡以大寫爲家常。至二米，特其天資，信筆揮

灑，而北宗之法蕩然不復留貽。此南宗之功首，即北宗之罪魁。

至于今日，北宗絕矣。人情厭常喜新，避難就易，此南宗所以

大行，而北宗因之絕響者也。此事非多見六朝唐宋人畫蹟

不能得其精微。弟用功三十年，看畫過萬件，非獨二王不

能得其一二，即上海繆沈亦未有弟過目之多也。至宋之北

百五十六

二

碑南帖即草隸二體々源歟草書起于漢章帝隸書於秦獄吏程邈草本含有隸體故亡謂之草隸今之行書是其支流也隸書一變而為北魏碑再變而為唐楷今々正書是其子孫也草書以晋王羲之（北蘭亭序）王獻之（洛神十三行）父子為聖手　貴國和文字母即從此等書出也隸書以現存之漢碑拓本為工以蔡邕石經為全美楷書則唐之歐陽詢歐陽通父子虞世南褚遂良薛稷柳公權李邕顏真卿為聖手　宋之蘇軾黄魯直蔡京蔡襄米芾元之趙

百五十九

三

孟頫各家爲大宗自此以後皆不能出諸人之範圍如明之
董其昌清之張照劉墉成親王嘉慶之弟翁方綱王文治梁同書
何紹基錢灃雖各重一時要不能於古人外别樹一幟此事
亦可著一書前如包世臣藝舟雙楫雖有論撰未能洽于
人心所以其書不甚顯著至康有爲廣藝舟雙楫重儓奴
僕又不足道矣羅叔言講求殷墟文字此與晉之汲冢科斗
書一類後世或存而不廢欲倡此學成爲一派斷乎不能蓋
小學文字以說文解字爲正宗訓詁以爾雅爲近正此江河

百六十一

不廢之物，雖宋元以來考求鐘鼎彝器者無慮數十家，皆
不瞭處之，況新出土不完不備之彝器，如出土人人共見，則今日
有出，明日無出，不免千載含疑，如出土非人人共見，更誰信之？
鄙人著六書古微，尚不用鐘鼎彝器文字，散壞殘破之字，而
欲後人信從，恐勢有不能也。貴國自三國六朝以來，與敝國
同文同種，從前文治足比中唐，維新以前，即一商人，其字
體皆有唐人筆意，草書則多似閣帖，即晉人草書，中國士大夫之所
不能。自歐化侵入以來，文字文章古法蕩盡，至於小學文

一百六十

五

字則誤于鐘鼎彝器之書蓋中國說文解字之學發明
本不達自乾隆中年始百餘年前此一千四年亦茫無頭緒則無怪貴國
爲此學者之更遲也弟每欲將說文解字及南北四二種學
問傳之貴國人然曲學以風俗言語不同恐難傳入惟說文解
字可以紙墨代書　閣下盡得其傳即可傳遍貴國若于弟
與　閣下一别又將三年自此時究竟爲可拂臆否節山曲學
猶未得皮毛何論堂奧刻以從學日淺無怪其然鄒叔子
遺書紅崖碑釋文此不過形式上一種釋文與楊慎之

百六十二

釋岣嶁碑何異此種碑刻不敢謂之僞而亦不敢武斷
其爲何文存之世界以追想上古之文明似亦不爲贅物卬
汲冢竹書殷墟龜刻亦當以此例推之生乎數千年以後
妄揣數千年以上之文文字屢變屢離其形古書自六經
而三代之文僅又無他書可證憑空幻想弟所不爲閣下
幸勿誤用其精神是爲至要書畫碑帖是否不受淮水
損失乞詳示知以便轉告礪甫不然不敢東行也此頌
撰安

弟葉德輝頓首

庚午七月十九日

百六十三

柔甫仁兄同學左右：前聞　夫人之喪，不勝悼歎。弟三十年前亦過來人，此種淒涼景況，固飽受也。後藤來遊中國，屬上海棠善堂主人介紹來，允神州所書篆文稿本中有疑問一一，答之。後藤所延領據，因其又受殷文之惑，故勸以治《說文》。《說文錄信》二篇，均于字義大有關係，此二篇已留稿，他日刻之文集中，自問可以為後學南指。廿年以來，承貴國學士文人殷殷之問字，弟隨問隨答，不曾一字存留。大約絕無鑿空之談，亦不敢有杜撰之事。三十

百六十四

年前貴國止知有俞曲園，豈復知湖南尚有高于曲園者耶。弟居蘇，後蘇人亦皆挽留，若深恐一旦回湖南者。此惟遺老概不往來，此來往者皆讀書之士。瞿鴻禨、沈曾植一輩人，自復辟不成，以一則氣死，一則面死（瞿、沈），弟亦絶跡往來。瞿死以弟未作挽對，此等人真不值一錢矣。弟本無東遊之意，今年天氣漸寒，畏出游，尤畏遠游。明年櫻花時節，或者此行踐約耶。手此，敬頌

撰安。

弟葉德輝頓首

甲子八月中秋

後籐信收到，已有回信矣。

染雲軒監製

百六十五

百六十六

再書此信時炎暑逼人筆乾墨澀書不成字推此論字畫碑帖之事原原本本可以開悟後學俾人人不入于歧途 貴國投章可登印登之如不能登乞錄一稿相還以便存稿 閣下夫人是否全愈何日可往長沙再 貴國人向尚農桑弟書對聯字條昨日應酬一天不勝煩擾以後非至好實不能應酬擬刻一潤筆取資藉以省事何如敢以商之 閣下至中國人來求刻何不書也 書雖不工或可爲王闓運第二乎近

目友人吳俊卿書畫均極粗劣，而貴國人以重價購之，此可見貴國崇向南宗之心，不尚細密而尚粗疏。中國人則求何詩孫者多，求吳俊卿者少。其實何詩孫學王麓臺，亦南宗之一支，不過較吳鎮密耳。尚農直目在家經理地方上事，斷爲衆人信仰，而其讀書遠不如礪甫。諸從子中以礪甫爲最聰明。康侯、定侯、東發三人則東發爲聰明也。吾家書香不斷，固可喜也。

輝再拜

百六十九

此信笑話，幸勿示人

柔甫仁兄同學左右：奉自歷十月念日
手書，得悉夫人身後事已完畢，尚農香奠輓章均一一寄
到，不勝之物略表吾輩交情，何足言謝。辛亥以來不與地方政
府交涉，一意著書，頗覺心身安逸。丙辰回蘇，清理舊著各
稿本，僅錄成帙，不僅著身。弟於古學百家皆欲貫通，頗笑
葵園專守一門之陋，湘綺詩文革命，其他考据之學又不及葵
園。湘人當日以王葉並稱，弟雅必不願。今二王死矣，弟亦遁迹坡
山，欲求如二王其人竟不可得。上海一繆藝風歸道山，沈

百七十

乙盦自命不凡，其實虛憍，千不及藝風遠甚。自仞以詩文名者，直得謂之浮華之士耳。又弟所鼻之無論甚高論者矣。弟近又著一書，專言秦漢璽印條例，此即漢時繆篆之學，前人未甞發明，如元之吾邱衍、有清之桂馥，雖有著書，未得大藩籬，安問堂奧。弟書若成，可以獨有千古。又著星命書一種，亦未成書，亦未命名，辯正前人命書之謬誤凡十餘，以丙戌同生、丁巳同生之類，皆本易河洛之數，丙丁與戊己分離，以爲書中一大翻案之作。伊若古人以爲吉者，弟有見其奇凶；古人以爲凶者，弟又見其

百七十一

吉為凶其意以吉是不得力不得謂之吉凶神如有制精可謂之吉大
約先論理而後論數以明儒家之言異于術士之言古人如唐之韓
愈杜牧宋之蘇軾皆精于此學然非江湖術士之学可以再作一談
若弟自推壽命可比葵園不能及湘綺此二十餘年說文解字故
訓一書必成尚有餘力可作他種著述惜閣下不得與吾以相切
磋此刻大抵事在盧苍青山父子久未通書望求青山翁作文亡
非十分切要大約遲遲未作此有兩種因緣一則家母事略多
實事既不能割棄又難于剪裁此乃非桐城一派文者必容

百七十二

手之事以桐城能為議論空文一遇言漢學之文便不能破空兩

行發揮已竟此其因緣一又青山翁當稻田大教習除星

期外無暇為文兩星期又不能不休息年老之人精神振不如少

年人已究博兼之青山父子皆世族亦於中國人訪謂有官氣其

不能如寒畯之士以文為性命可知此其因緣二彼既無信答復

閣下閣下亦可不催問矣至閣下索弟親書回寓一定寫寄此

時在上海約兩星期即回蘇今年恐又不能回湖南矣此頌

撰安　回信仍賜寄蘇州

弟葉德輝頓首　戊午九月二十三日

百七十三

柔甫仁兄同學執事：去年臘冬往滬，久未回蘇，今年居蘇之日亦不多，以致兩違。奉手書，久稽裁答也。時局擾攘，蔓延地球，偃武修文，恐難如願。鄙人年來專攻五行之學，非獨一人生死富貴賤夭壽有命存焉，即大地劫運亦有一定之局。然孔子知命，一生知其不可為而為；釋氏亦知命，知其不可為而即不為。此孔子所以為聖人，高于釋氏一等也。往年推袁世凱命，至丙辰必死；近年推段祺瑞命，交酉運必死（明年庚申，後年辛酉，均不利，然不敢待也）。今日段勢日蹙

百七十四

瑞卿言之將驗也卿人自推一生福命不如文運若書
可以享大名傳之久遠仕宦最不相宜最可恨者多錢得
子孫之奉養如尚農習商二子在吾家不失為佳子
弟在卿人實不得謂之肖子則命為之也白岩因卿人
而致富閑適年並業日清公司總理而別圖銀行之
股東閣下相從以九年仍然一寒儒又中年喪偶豈
非命與前定耶屬書幅久不報甚歉歉此頌
撰安
弟葉德輝頓首 乙未夏正二月二十日

朵雲軒監製

柔甫仁兄同學執事：久不奉書，正深馳系，忽接
手札，欣喜可知。示及貴恙耳疾漸已復元，尤為快慰。節山比箸
支那文學概論，已由郵局寄來，校讀一過，尚稱博雅。惟吾國
文學千門萬戶，即本國文學中之巨子，如長沙之王、江浙之繆小山、沈
乙盦，皆不能原原本本，百學皆通。即乾嘉老輩，如紀文達（昀）、阮文達（元），可謂
無學不通矣，然比著書於四庫全書總目提要（官書紀文達總纂）、揅經室全集（阮文達諸文），皆
所謂知其當然，不知其所以然。貴國雖同文之邦，于此事實不能
詳盡。節山著論，乃一種教習材料，未足當箸作家也。近日上海

百七十六

商務印書館股東張菊生託弟編一大部叢書凡三百餘種採取經史子集中之宋本元本明本抄本校本之精要者照原書用珂羅印出先定預約券千張每張約二百數十元分四期交洋四期交書以三年成功俾此人間不見之書皆可共之天下其書借自東南各藏書家俟目錄印出當寄此書貲本須三十萬圓較之黃丕烈士禮居叢書孫星衍岱南閣叢書以木刻仿宋元猶不免于錯誤者此則如東坡化身無絲毫之不肖矣宋本仿刻刻棗間不可得傷寒論亦大佳印包內弟代取寄蘇其價若干見示即付寄也札後詢問二日

百七十七

一徐灝子箋說文曾聞其世兄云似不能出乾嘉諸儒門户此書廣西所刻其刻手古劣然亦不可不一看也一中国畫學源流亦散見唐宋以來畫家收藏家所輯之書未有一專書可供考據俟弟稍暇開一書目寄上弟觀畫百詠久已刻成不知尚農何以不印書林清話已刻好亦未印弟論畫主考據主北宗不喜大寫不為南宗西洋古法與中国北宗相同但不用鉤匡邊而異耳貴國畫學全是中国宋元以後法未免攻取西洋也此頌

撰安

同學弟葉德輝頓首

己未閏七月十六日

顯子一為徐紹楨即江蘇初次革命之統制一湖南永明府知府號石雅弟識其人今不知何往

一百七十八

中月兩國交情最好注重親善二字無如政府不体兩國人民之
意每〻以急功近名為経済以致十年之内迭起風波其实人民
損傷即國家損傷貴國政府此行動又為西洋各国所忌於一
毫可以实行往来使人民大傷交情殊為可惜前往日与駐湘武
官以談之話若年施行何至有今日之舉動中国人民狡詐地方寬
大又為西洋各国消貸之場豈高麗印度越南可比此在貴国政府
實可覺悟今雖有貴国聯法聯英共謀中国之說實如各通商
國何又甚如美國已非閉門之美国何又安保往国不死灰復燃乎

百七十九

此次攻擊純由全在學生各色人民而學生游說作動故其風波較之乙卯年蔓延更廣更久　貴國政府如有覺悟急宜于此時力反前而以圖後日共同提攜東亞商務抵制西貨起見則兩國均受其益如今務開礦分野建鐵路皆不出而地方便阻而西洋忌妒　貴國政府上何樂不而今於圓目前之小利竊恐患于將來都無也不識然也至欵善之道自宜以同文入手同文尤以同學為要。弟曰有主意須白岩龍平西商此時中國政府頗厭學生但口不能言耳

（白岩列湖南開辦公司即得其助訣）

名前肅

百八十

景甫仁兄同學執事：頃奉日昨三月初六日

賜書，知

台從已就大連灣鐵路公司圖書館之事，雖南

北相隔，而音訊甚通，欣慰已至。鄙人回湘已經

三月之久，急思回蘇，因家事未妥，尚未有定期，

大約中曆三月可以脫身矣。承詢中國舊籍，

一時非有巨款未易購，四部十分之二三，微處

觀古堂收藏乃先祖先父兩世留貽，鄙人收買

集漢楊統碑字　葉氏嘉德堂造箋

百八十三

三十餘年始得捃摭完備，觀古堂目所載不過十分之六七，其間漏載者，近年所得者又增至數萬卷，此固非一朝一夕之故也。拙著拙刻各書已命尚農請檢價目，今命其寄呈。書林清話尚未補校完工，六書古微已修改脫訛，正在籌畫刷印矣。尚農不審漢口去年年盡始歸，想時有信奉達也。手此敬頌

撰安

弟葉德輝頓首　庚申夏正五月廿三日

秉甫仁兄同學閣下：奉日曆四月一日手書，藉悉起居百福，圖史遊優，頃慰之至。節山得文學博士，當由此著《支那文學概論》一書得來。他日閣下以小學名家，亦當繼節山而得此一席。鄙人尚有陰陽五行之學，可以決勝負于西人。近日靈學與預言諸小家，其他經學則固平生根柢，此在亦可傳衍于貴國諸

百八十三

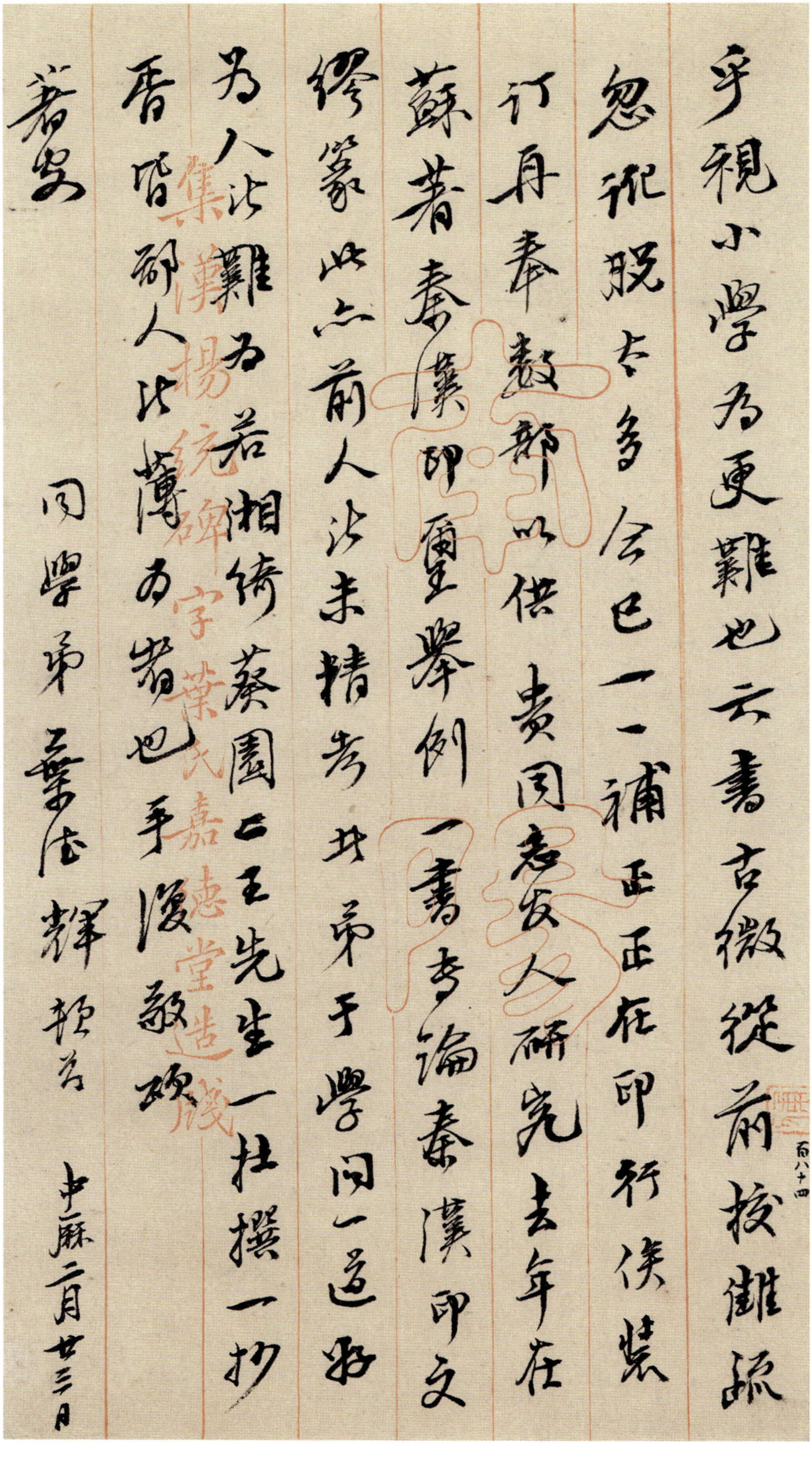

百八十四

乎視小學為更難也。云書古徵，從前授雖疏忽，訛脫者多，今已一一補正，正在印行，俟裝訂再奉數部，以供貴國考古人研究。去年在蘇著《秦漢印匯舉例》一書，專論秦漢印文繆篆，此亦前人所未精考者。弟于學問一道，好為人所難為，若湘綺、葵園二王先生一壯撰一抄胥，皆鄙人所薄為者也。手復，敬頌

著安

同學弟 葉德輝 頓首 中歷二月廿三日

棻甫仁兄同學大人閣下：弟自去年回湘，于今年南北
戰事起訖于張敬堯出走，看完皖直之爭，于中厤四
月廿六日乘輪船赴漢，廿七日由漢抵，廿八日附江輪，于五月
初二日到上海，初四日回蘇寓。此次南軍爲直系人傀儡，
因仇段而並仇日，貴國人均紛紛七聚城外，各公司由
兵艦登岸保護。弟臨行時聞日清公司武陵輪被南
軍劫掠，又有三井二户被害之謠，報紙未詳言，不知確
未也。今聞貴國人不能深保護，只得隱之，尚豐與南

集漢楊統碑字　葉氏嘉德堂造箋

頁八十五

軍領補領諸人向有來往，如易於村粟麥生，皆在大內，或不至有危險也。前寄屬書淨乃頌書，但未寫去詩（屬尚農寄專處），以幅太小耳。張敬堯之為人，不如撥振鉦之古弟相處數月，于言民生疾苦、吏治設施，無不言畦，計從地方頗受其福。惟將兵將將各有專長，張敬堯乃偏裨之材，此次戰事實有措置乖方之處。兼之直系軍隊向與南通，臨時又有湘中老紳士為之請進言，勸其防範，免蹈傅良佐故轍。張敬堯頗不謂然，蓋直系

集漢楊統碑字葉氏嘉德堂造箋

百八十六

如李奎元張宗昌兩師平日對張敬堯極恭順忠極服從張敬堯信之不疑以爲可恃及戰事方起張宗昌中立之通告出矣李奎元主和之言論出矣張敬堯以七八萬新舊相雜之兵駐于衡寶兩處張李後援既不可恃益以敗軍心動搖南軍節節進攻張軍節節退縮此亦一場笑話未有用兵如此之易敗者也此次皖直爭戰恐無已時拈筆述事倫以新聞紙抄手此敬頌

台安

弟葉德輝頓首　庚申端午

集漢楊統碑字　葉氏嘉德堂造箋

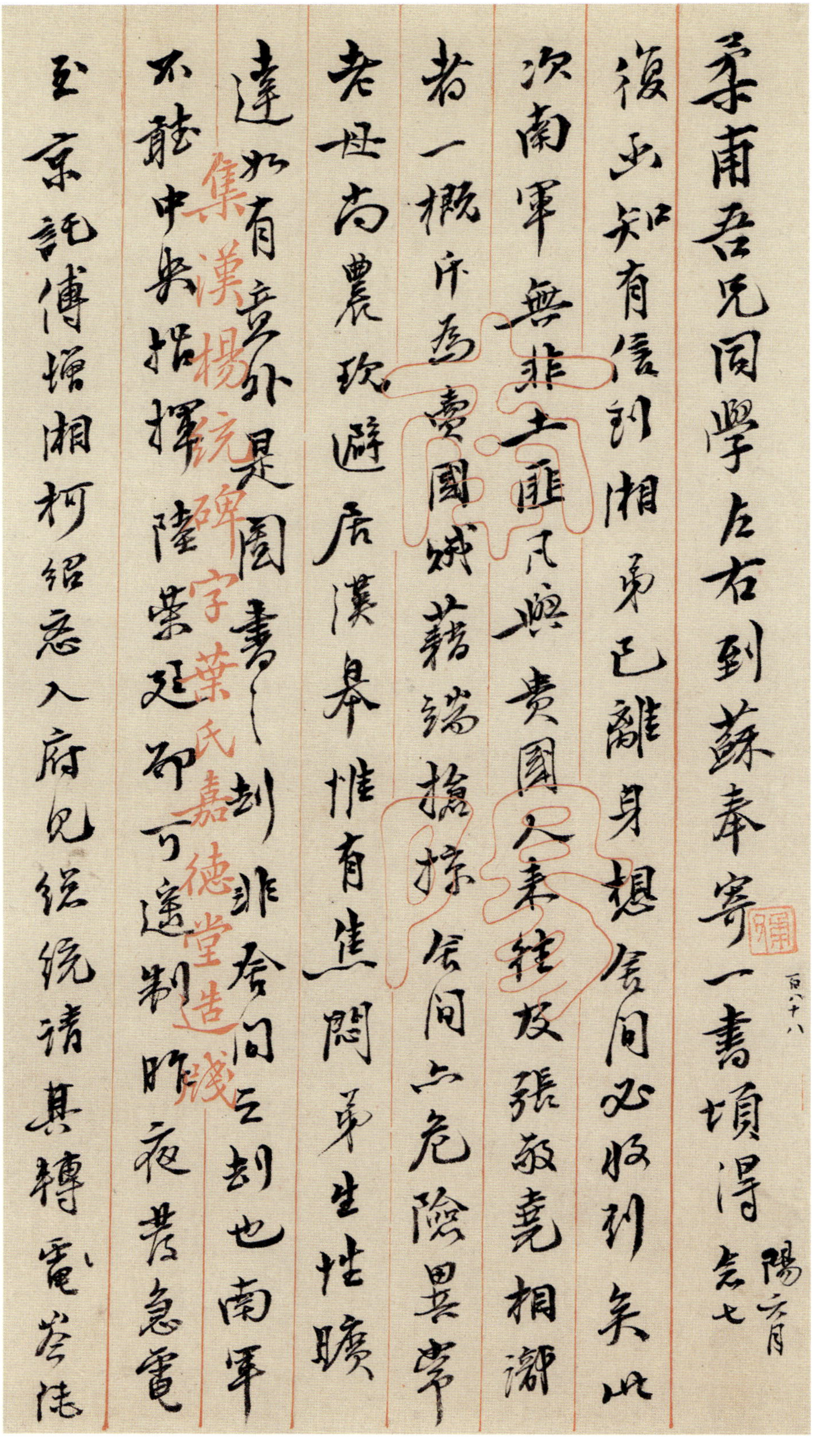

柔甫吾兄同學左右：到蘇奉寄一書，頃得
復函，知有信到湘，弟已離身，想屆時必收到矣。此
次南軍無非土匪，凡與貴國人來往，張敬堯相謝
者一概斥為賣國賊，藉端擄掠，倍間亦危險異常。
老母尚農玖避居漢皋，惟有焦悶。弟生性曠
達，如有意外，是固書生劫，非奇，聞亦劫也。南軍
不能中興，指揮陸榮廷即可遂制。昨夜得急電
至京，託傅增湘、柯紹忞入府見徐總統，請其轉電岑陸

陽六月念七

百八十八

集漢楊統碑字　葉氏嘉德堂造牋

再電湘桂軍首領保護以維總統與岑陸未傷感情
也又一電託張勳請其電陸飭在湘桂軍保護張陸
交情最親如有一電得致我公保存否則廿萬矣
之薪不可恃矣南軍戕害貴國大津氏此當與岑陸
我譚延闓交涉乃向中央抗議此誠不可解之事鄙意
貴國與艦三回泊長沙如以此要挾南軍弟亦可以
暗託庇護乃計不出此可見貴國外交不做正面文
章長沙領事池永人無大能弟在蘇即相識去年

集漢楊統碑字葉氏嘉德堂造箋

百八十九

回湘之雲兒後此事殊了了，儻閣下在湘或猶可以施一手段。今則古川一千實不中用也。自經此次兵亂之後，如果書未搶散，弟一定將全部出賣，以免久放湖南處經危險。秦漢印璽考稿本未寫清，此書成之極難，以每一印有一印之體勢，非將原印摸形於紙明白，此如古錢一書，具難看手相同。弟精力尚強，家事自迫，有著書之力，恐無刻書之貲矣。此頌撰安。

藝風去年十月作古矣，已回湘。

弟葉德輝頓首　夏正五月十七日　陽歷七月二日

集漢楊統碑字　葉氏嘉德堂造牋

百九十

再啟者：弟生平於經學、小學外，以陰陽五行之學為最精。小學六書古微已經校正，奉寄四部。此唐宋以來學者所未通貫者，推勇以神悟得之。此書在中國惟章太炎能知，餘者不能也。閣下于小學說文實佳得十之五六，此弟歎然于心者。蹟否之乎？西學更少近世，而乃得選文學博士，何也？弟去年推段祺瑞命運將終，今自張敗袁失，政段派失一大勁援。據星命論，段祺瑞恐不免于人世。徐總統今年陰曆十月以後交七殺運，尤大不利。中原恐從此自相瓜分矣。

百九十一

百九十二

近來張作霖入京後，辭之諸文大作，然嘗推宣統命，
實係天子之貴，惟幼年行運不佳，故擁此虛位，將來
終須一登大寶。四柱論（年月日時乃四柱）太陽太多，恐須英
日兩君主國相助，始得成功耳。尚農又生一兒，命造極
好，然是武官，恐不能繼書香。尚農無一事能步弟
武，推此事則勝乃翁，可發一笑也。書林清話已印
出，此時兵戈擾攘，恐家中無心檢點矣。再頌
台安。

輝再拜

集漢楊統碑字 葉氏嘉德堂造牋

季甫仁兄同學左右：在蘇得

復書，旋又奉上一函，計已早邀

台覽矣。尚農現奉母親僑居漢口，礪父在湘守住宅，蔣書院直之爭息，湘桂之爭又來，長沙終不能免于兵禍。據礪父來書，沈蔣古錢意擬出售，不知

貴友中有此癖好者否？屬一問

閣下也。弟蔣書亦擬出售，但不求速，亦請

閣下留意。弟書與蔣家允本共不同，以四部之書完備允所本亦甚多也。（書目答問所載之書，千中少一二，其多出者更不論矣。）此頌

撰安

同學弟葉德輝頓首　中歷庚申五月廿二日

百九十二

東甫仁兄同學執事：頃奉陽曆七月十二日書，並附小說目
錄一本，此皆社會小說，在中國無討論之價值，作者姓名多係
隱語，亦從無人考據。近兩年上海商務印書館編行東方
（每月出一冊）
雜誌中有小說考，皆著名之小說，非此等之小說。此等小說
多出于明清兩朝，專為粗通文理之人便于閱看，其中捏造影
射，不盡可稽。故目中此類各書，向為通人所不齒。其小說
唐人所著者，文詞最美，別有一種風旨，四庫擇其尤雅者收
之。餘則散見明人古今說海、文房小說等書，弟此刊唐人

集漢揚統碑字葉氏嘉德堂造箋

百九十四

百九十五

小說六種專述唐明皇始終本末，此近于雜史一類，全有根據，並不荒唐。宋人小說今此存者，宣和遺事（士禮居刊，近有刊本）、五代史平話（繆小珊）、京本小說殘卷（弟此刊）、海陵王荒淫（此亦京本小說中之一種也）（去年以一冊奉寄），此為平話小說，專為說書人（如明柳敬亭其人者）生計之作，其言亦據實指陳，意存諷勸。此與唐人小說別為一体。元人雜曲盛行，此等小說遂無人更撰，以其時士大夫皆工雜曲故也。湘省安靖終歸于亂，嘯甫古錢（可合組織湘省一看，理合其寄來之說）貴國人有癖此者，頗以出售，乞代留意焉。此頌

撰安　月一本并繳呈

弟葉德輝頓首　中麻六月初二日

柔甫仁兄同學左右前奉
書即裁復計已早邀
台察矣此次湖南變亂牽動北京皖直之爭暫時了
結弟屢言段祺瑞今年交酉運大不利今不幸言中（且死期至矣）
閣下謂弟五行之學如何再有一事預言徐世昌今年
九月以後必失敗其命造因衝得合又有二德扶身一（乙卯 丙戌 癸酉 丙辰）
生無災無難到公卿遭逢袁世凱帝制不成又
如柴世宗之為郭家兒繼子利用安福系登此大寶

集漢楊綰碑字葉氏嘉德堂造箋

百九十六

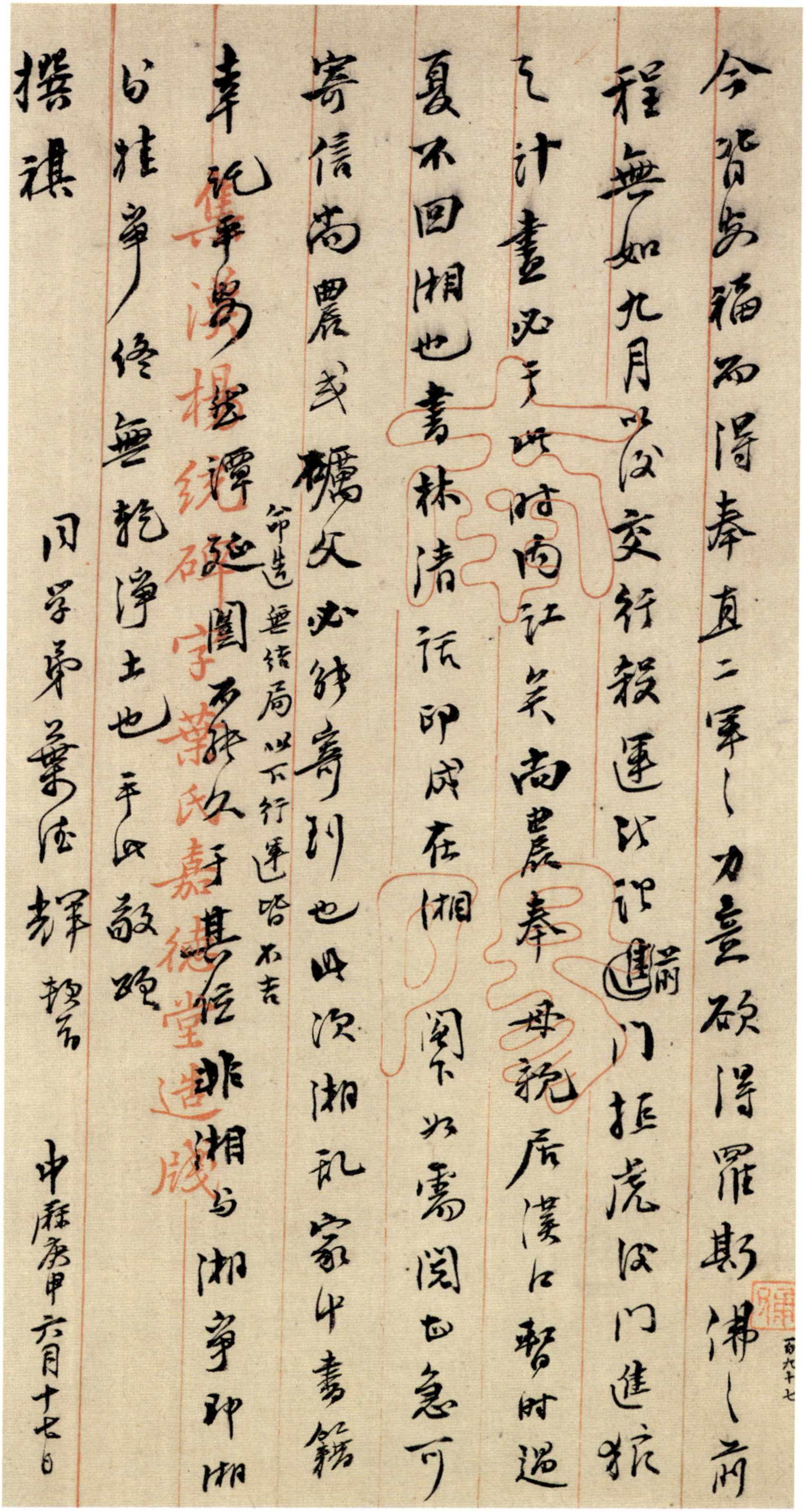
今皆安福，而得奉直二軍之力竟破得罷斯佛、蒯
程，無如九月以後交行殺運，此謂建門拒虎，後門進狼
乞計畫必于此時。而江笑尚農奉母貌居漢口，暫時避
夏不回湘也。書林清話即成，在湘閣下如壽閱，出急可
寄信尚農，或囑文必錄寄則也。此次湘亂，家中書籍
幸託平安。樾譚延闓而能自保其位，非湘人與湘爭，即湘
命造無結局，以下行運皆不吉
台難爭，終無乾淨土也。手此敬頌
撰祺
同學弟葉德輝頓首
中伏庚申六月十七日

集漢楊統碑字 葉氏嘉德堂造箋

百六十七

秉甫吾兄同學左右：安福失敗，罪魁十人，有煌煌命令通緝。究竟辛亥以來，凡被罪魁之名，投有通緝之案者，不過四五年間，又翻身而登戲臺。癸丑之孫文，岑春煊；丙辰之周自齊、梁士詒、朱啟鈐；丁巳之張勳、康有為，今固出入南北之間，姓名時見于命令、報紙者也。今日被緝之人，即昔日緝人之人，報名循環，古今（此等在城內者）未有如此之速者。長沙紙幣仍出發，南軍四五萬之多，均仰給于此。礪甫來信，近日似就平安。

集漢楊統碑字　葉氏嘉德堂造箋

百九十八

桂軍此粵事亦回本省學生排日之風更熾商人
本非出頭迫于愛國大題目不得不勉力支持又有
英美人爲學生設援勢更不可遏止弟乙卯任教育
會長時印刷不隨聲附和此次去年回湘張敬堯
及學堂校長教員皆仰以會長相對排弟力辭不就
正爲此事排于無付也英美各貨既不來華又復價
貴往往嫉妒挑起學潮政潮殊不可解也 此頌
撰安 弟葉德輝頓首 中曆七月初四日

百九十九

集漢楊統碑字葉氏嘉德堂造牋

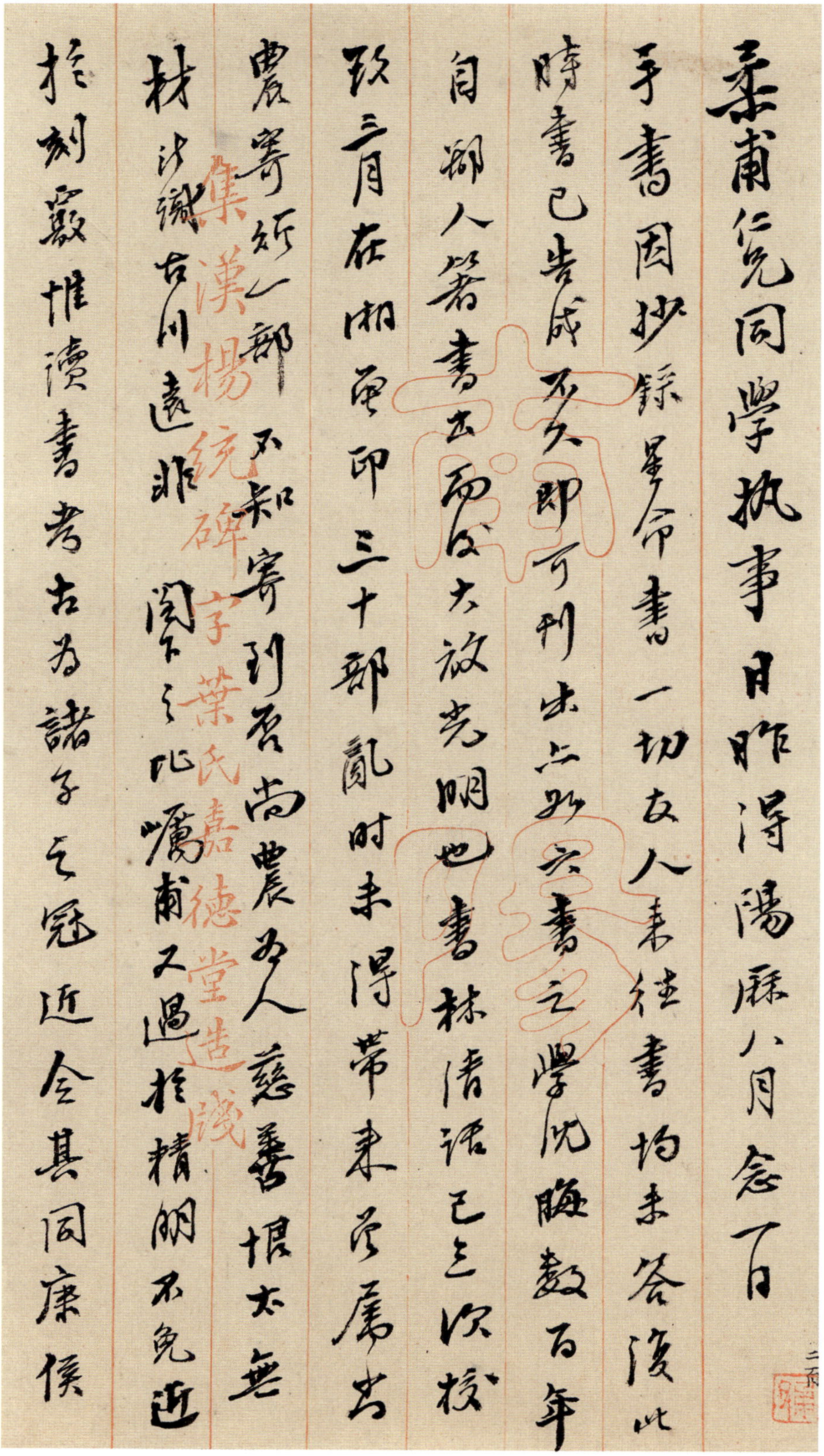

柔甫仁兄同學執事：日昨得陽曆八月念一日
手書，因抄錄是命書一切友人來往書均未答復，此
時書已告成，不久即可刊出，亦[illegible]六書之學沉晦數百年，
自湘人箸書出而後大放光明也。書林清話已三次校
改，三月在湘垣印三十部，亂時未得帶來，應屬出
農寄行一部，不知寄到否。尚農為人慈善，根本無
材，汁識古月，遠非閣下之比。屬甫又過於精明，不免近
於刻覈，推讀書考古為諸子之冠，近今其同康侯

葉德輝致松崎鶴雄書札　九十二

定侯東明三子撰四庫全書書目錄校本考此書有成六
於中東文籍大有関係也湘中南軍武陵方張譚延闓
亦不能駕馭三井大板被害一案長沙領事至此亦不能
有結果自張敬堯去後排日之風日熾一日貴國政事府
不以義正詞嚴為主見但以詭譎埋頭為陰謀以致中人惡
感日深排日學潮定不能鎮之其仇殺之案叢視拖延此
令人最不可解者也岩崎家中宋本說文為孫星衍平
津館刻本之祖去年託白岩子雲向岩崎男爵借出影

集漢摭碑字葉氏嘉德堂造牋

印叢入四部叢刊又照原書大小單印入于續古佚叢
書從此中日兩國講求小學者不至誤入歧途不得謂非
鄉人之功也弟深服初印六書古微數百份郡未從
孫本一律去冬同相校定之後曾寄四部想閣下提尚
有三四處錯誤須再改也向來西洋各國推往法兩國醇好
中學是以兩國之人鄉將宗教迷信打破令法國之學中
國四庫書猶甚以焉此也松崎雄君為東來滬並同印須
撰安

弟葉德輝頓首　中厤庚申七月廿四日

二百二

葉漢揚統碑字　葉氏嘉德堂造牋

柔甫吾兄同學左右：奉九月念四日
書，藉悉近狀，長慰〻〻。商務印書館屬編之書名四部
叢刊，凡四部書二百餘種，皆借中國藏書家宋元明抄善
本，以新法珂羅版照印，千部先發預約券，收資本須三十
萬。每書一葉即版，費亦須洋一圓，紙墨裝訂猶在外，故預
約券亦在四五百元。然其中多人間未見之本，真奇特也。此時
正在印書目，印成即以寄呈。弟著書林清話、觀畫
百詠，據尚農來信，中秋節後方能印書，六書古微

集漢楊統碑字　葉氏嘉德堂造箋

二百三

錯字脫文亦刻改補正亦并印行經學通誥之加改訂
今年必付刊 現著星命真原一書參證命理精研
易學欲探造化生人之原將來改良人種之學大行必
得吾書為之導師 近年為人推命十有九驗而自推
反不甚驗此如醫生不能自醫相法不能自相其理一也
閣下何時來華 亟盼早駕 自若近有書來云十月至北
京十一月來上海 惟此時弟恐在湘不相值耳 此頌
撰安 弟葉德輝頓首 己未中秋節

集漢楊統碑字葉氏嘉德堂造箋

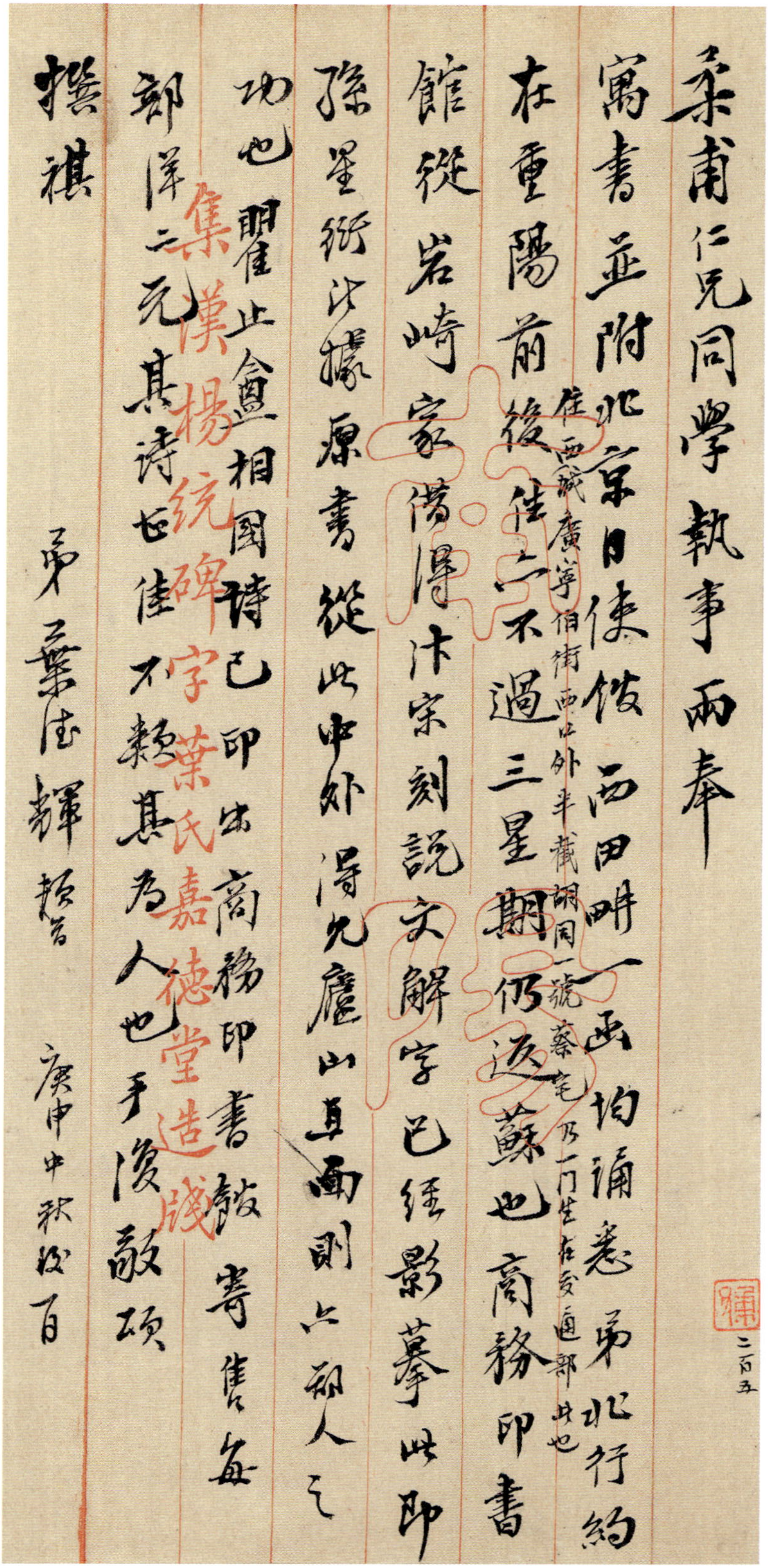
菜甫仁兄同學執事：兩奉
寓書並附北京日使館西田畊一函，均誦悉。弟北行約
在重陽前後，住六（住西城廣寧伯街西口外半截胡同一號蔡宅，乃一門生在交通部者也）不過三星期，仍返蘇也。商務印書
館從岩崎家借得汴宋刻說文解字，已經影摹，此即
孫星衍所據原書。從此中外得見廬山真面，則六朝人之
功也。瞿止盦相國詩已印出，商務印書館寄售，每
部洋二元，其詩亦佳，不類其為人也。手復，敬頌
撰祺
弟葉德輝頓首　庚申中秋後日

集漢楊統碑字葉氏嘉德堂造牋

二百五

柔甫仁兄同學執事：旬日彼此未遞信函，時深馳系。

弟擬北行之意已久，因長沙新印各書尚未寄到，故

尔遲遲。承介紹西田畊一書，藏之秘笥，未敢出以示

人也。拙著《觀畫百詠》已印出，不知尚農曾寄贈一冊

否？此書於古畫源流、南北宗派，參之《消夏百詠》詩，因前

人未有之作，擬乎古畫日記，無人取證耳。報載張敬堯

已入青島，請探其住址地名，弟欲通問也。此頌

台安。

弟葉德輝頓首　中　麻　八月廿九日

集漢楊統碑字葉氏嘉德堂造箋

柔甫仁兄同學執事日前十月十日有書致
左右曾詳述一切是日適得
尊處十月四日信玉知文史優游極為欣慰宋刻說文
解字中國向有二部皆乾隆時段玉裁撰汲古閣說
文訂所借校者也其後一歸山東楊以增海源閣一歸
湖州陸心源皕宋樓陸書售與貴國岩崎此弟汎以託
岩崎小彌借與商務印書館印入四部叢刊者山東楊
氏所藏現尚封秘其家宋本書尚多因止孀婦孤兒

集漢楊統碑字　葉氏嘉德堂造牋

二百七

久無搢紳先生與之往來，鼠飽蠹傷，闕已損毀不少，真
可恨也。此次四部叢刊傳出多少宋本，孟子趙注、宋人注易
林，皆前人所未見者，其集部足本尤多。今中央已有命令
印四庫全書，皆因此發端者也。但四庫未收之書甚多，此事
繆藝風已故，非弟不能總裁。弟詩無一冊之存，曾記長
沙尚有印本，可向尚農嶋甫函索之。瞿文慎詩集，聞
商務印書館出售，或向其世兄希馬索取。像以手書
稿本付石印，平時與之往來，以為一富貴宰相，初不

集漢楊統碑字葉氏嘉德堂造牋

二百六

知其詩如此之上其詩不及張文襄（之洞）而遠出張文達（百熙）之上

弟每言作詩難傳詩尤難弟之詩不能獨傳只可附名

種箸書以傳張文達則可以詩傳瞿文慎決之瞿之詩

遠入弟二層張文達詩則列弟三層若張文達僅技

毛耳王葵園詩又在張文襄之上與王湘綺派別不同而

皆獨有千古沈乙盦陳散原之貌似山谷直可款其人死（陳文亦如此恐遠不共摯夫）

印詩亡若有他種箸作或不千古低役耳弟因候長沙

寄書北行尚無定日北方學者近止柯鳳蓀一人

集漢揚統碑字葉氏嘉德堂造牋

王樹枏一村學腐儒，袁世凱、徐世昌謬相推崇，乃鄉曲之見，猶之以顏習齋配享聖廟，甚令人思之欲嘔。書林清話、觀畫百詠二書已印出，不知寄農曾寄一部否？弟帶十部來蘇，已送友人盡矣。今日弟所心許者，南方一章太炎，北方一柯鳳蓀，其于經史詩文外，他部學問亦有弟得之多。章議論駁雜，所著書零星，以此大才不作一正經書，大部書殊不值也。手此敬頌

撰安

同學弟葉德輝頓首　庚申中曆九月初一日

集漢楊統碑字　葉氏嘉德堂造牋

柔南吾兄同學左右：頃接尊處十月二十一號

惠書，得悉一切。張哲夫人青島，想仍在漢口羈

留。北京印四庫全書，委之朱啟鈐，此人無甚相習。

蓋印書與修書不同，修書是儒臣之事，印書乃工

匠之事。朱啟鈐為瞿中堂之姨姪（中堂夫人之妹之子），瞿氏歷任學政，

皆為之賬房，管理銀錢，買辦物件，待之如奴隸。彼

因此發受之後，覺緣入徐世昌之門，轉薦于袁世凱，喜

其能供奔走，故信用之。牛馬不識字，能任重致遠，即是

集漢楊統碑字葉氏嘉德堂造牋

二百七

良材。我輩只能俟書，不能印書。書要之，朱啟鈐
正用得其材耳。四部叢刊乃四庫之精華，萃中國之
第一善本，棠疑于一方，又能不失原書形式，且多四庫
未收之書，或經而非足本，善本如孟子、說文、易林，皆前
人從未見之古本，真寶笈也。瞿中堂既同商務印書館
寄售。張文達詩身後以活字板印行，在湖南或可向其
家中索取，外間書坊固無售處。柯鳳蓀著有新元
史，曾用活字印行五百部，每部價洋二十元，閱宗卿出

二百十二

集漢楊統碑字葉氏嘉德堂造牋

有買去年徐世昌又出八千圓洋爲之刻板，不知刻成否。此元史較廿四史中元史特詳，蓋十代大著作也。江蘇督軍李純死出意外，曾推其星命，今年四十六歲，正行庚運，又行年是庚申。其八字爲乙亥年、乙酉月、己卯日、庚午時，傷殺相鬪，照推命之說，本不得善終，其死也可疑。報紙喧傳，恐有因也。弟北行未定程期，届時有書奉告。六休有伊藤博文之志，我們只爲劉東壽、姚廣孝也。此頌

撰安

同學弟葉德輝拜啓　庚申九月十六日

二百十三

集漢楊統碑字　葉氏嘉德堂造牋

柔甫吾兄同學左右前奉
書未復昨橋川時雄君來蘇過訪倣齋袖出手函
得悉近狀橋川英年好學知吾兄所交必端楷時日
無多不能暢談久坐耳臨行贈以六書古微一部
知吾兄於此學用功至深又詢及鹽谷溫得博士之
官若深以為榮幸之事夫得博士一位在貴國為極清
貴之官鹽谷文學世家得之必為在他人或不易得耶
橋川未來之前一日有太田正雄持名片來見詢及

集漢楊統碑字葉氏嘉德堂造箋

二百十四

与兄是否相識，答言不知。詢及橋川，則云同在南京，約同

來蘇，因本月率而行，故彼此相左。其人爲醫學士，工于畫

像，爲弟畫像後，刻而成。詢之同居人，皆云形貌酷似弟。

贈以六書古微一部、一觀畫百詠一部，歡喜致謝。後詢橋

川，乃知爲貴國已來有文名之人，工爲日本國文國詩，太田

正雄乃其正當名姓，又別名木下杢太郎，言貴國文人無（肅王府音德借書讀之下笑，皆滑稽劇也）

不知其名者，當不虛也。徐樹錚脫逃，極可笑。此頌

撰祺

弟葉德輝頓首

中歷庚申十月十一日

二百十五

集漢楊統碑字 葉氏嘉德堂造箋

國立北京師範大學校公用箋

柔甫先生左右：辟軒兄處遞到

手教並函

賜喘息藥物，至感至謝。郎園先生事

數月前即有風傳，後知其不確，最近果

為亂民所執，弟有家書已言之。被難之

說，弟尚未直接得信，昨日家兄（家兄去年來京）晤見蕭

子昇君，云易寅村（在漢口）有信與蕭君，已證

實其事，並稱云易君早勸先生他避

國立北京師範大學校公用箋

先生不肖云云，據此事近真確，痛心之
至。弟初以家村諸君在湘，必可无事，故
未以纖諸　先生。此來乃家村他適，湘
中社會大亂，竟令　先生遭此不幸，愚
勝憾痛。鹽谷君近恒通信，后君嘗
託一生徒持信見訪，適弟往郊外，兩
來均未得見。據來書籍未獲收受，
故无以奉答。君似欲弟代發此函，彼

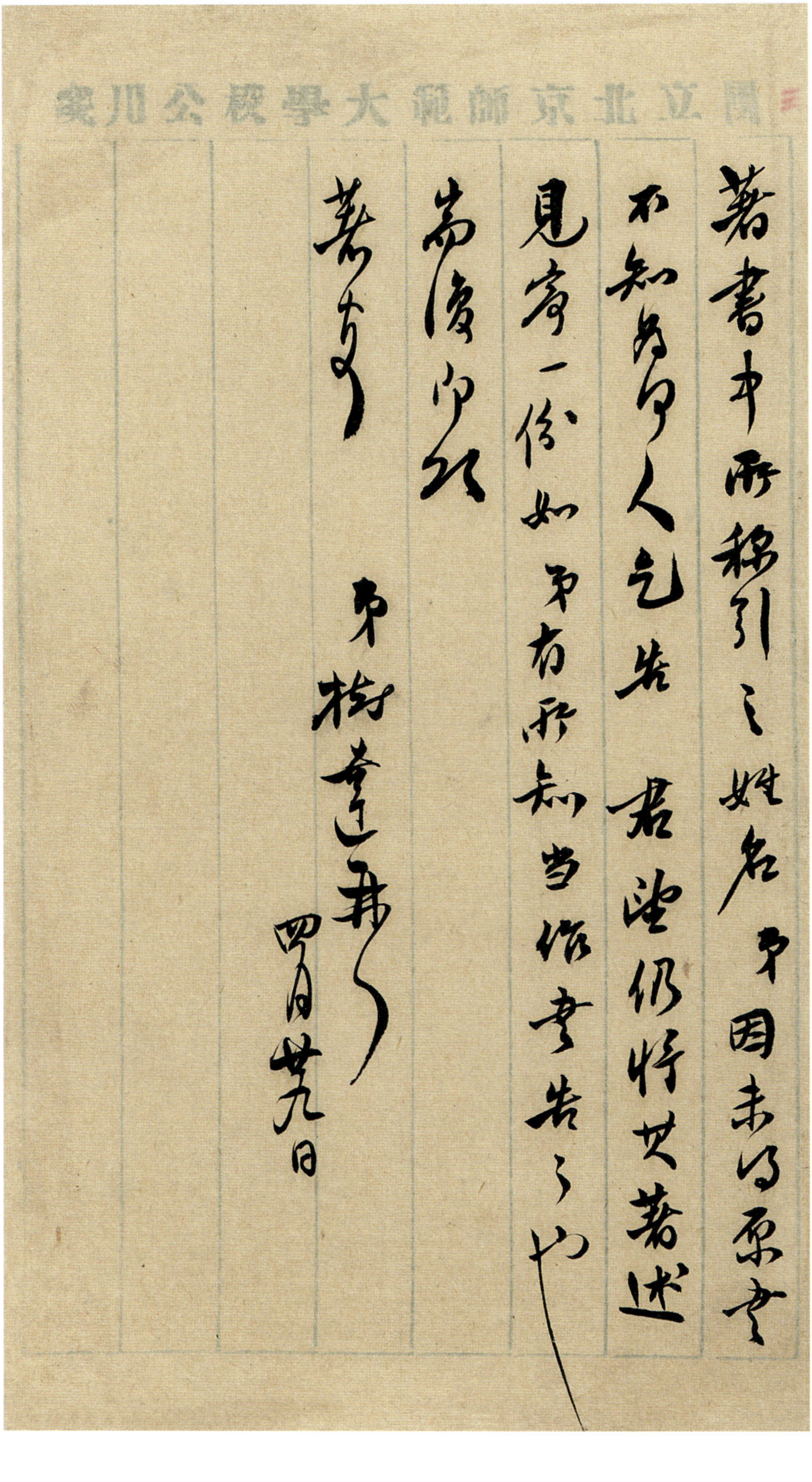
國立北京師範大學校公用箋

著書中所稱引之姓名，中國未得原書，
不知為何人，乞告。君望仍將其著述
見寄一份，如中有所知，當作書告之也。
弟復即頌
著安
弟樹達拜　四月廿九日

國家圖書館名家手稿文庫藏有葉德輝致松崎鶴雄書札1函3册，册頁裝，册高29.5厘米，寬17.5厘米，粘貼葉德輝致松崎鶴雄書札97通212頁，又楊樹達致松崎鶴雄書札1通3頁。〔一〕每册封面貼籤『郋園手札』，扉頁鈐『時還齋主』，首頁鈐『松崎鶴雄』。信紙邊緣連續標有頁碼，頁碼附近鈐『柔父』小印。書札大概經過松崎鶴雄整理，但所標頁次不盡準確，粘貼時又有誤置。在松崎鶴雄所著《吴月楚風：中國の回想》的《後記》裏，編者曾提到松崎鶴雄《寄託景嘉〔二〕氏宅書目》中有葉德輝《郋園手札》，惜未見到。〔三〕所指大概就是本書札册。

葉德輝（1864—1927）字奂彬，號直山，别號郋園，近代著名藏書家、目録版本學家、經學家、出版家。祖籍江蘇吴縣，後遷居湖南，光緒進士。松崎鶴雄（1867—1949）號柔甫、柔父，日本漢學家，曾先後使用『尚志書屋』『時還齋』『斷斷書室』『嬾雲山房』爲書齋名。〔四〕1908年12月作爲《朝日新聞》通信員，隨水野梅曉來到長沙，先後從王闓運、王先謙、葉德輝問學，主要向葉德輝學習《説文》和目録學。〔五〕1920年任職滿鐵大連圖

〔一〕該書札索書號爲：手稿3896。

〔二〕景嘉（1914—1986）號善齋，滿洲旗人。1934年受溥儀派遣留學日本，1939年畢業於早稻田大學，入京都大學，1942年畢業回國。1945年到臺灣。1956年赴日本並定居，直至去世。

〔三〕杉村英治編、松崎鶴雄著《吴月楚風：中國の回想》，東京：出版科學總合研究所，1980年，第303頁。《後記》相關内容承蒙國家圖書館古籍館同仁程天舒幫助翻譯，在此致謝。

〔四〕見《吴月楚風：中國の回想》第5—6頁。

〔五〕參見劉岳兵：《葉德輝的兩個日本弟子》，《讀書》2007年第5期。王逸民、李璞將松崎鶴雄開始向葉德輝問學的時間定在1910年，見王逸民、李璞編《葉德輝年譜》第170頁，學苑出版社，2012年7月。

書館，1946 年回國。

葉札落款大多署有年月日，第四十九通還特别提醒松崎鶴雄『以後賜書請載月日』，可見乃有意爲之。其中，有明確日期的最早一封寫於 1911 年 1 月 12 日，最晚寫於 1920 年 11 月 20 日。此十年間，中國社會劇烈動蕩，世界亦極不太平。葉德輝將松崎鶴雄引爲知己，在信中常常吐露心聲，道未向旁人所道之言。葉札内容主要包含：這一時期葉德輝著書作詩、校書刻書、編撰藏書目録、纂修家譜、參與編印《四部叢刊》等活动，針對松崎鶴雄問學的答疑解惑，對辛亥革命、『歐戰』（第一次世界大戰）、袁世凱稱帝、張勳復辟等時局的議論，對王闓運、王先謙、趙爾巽、沈曾植、柯劭忞、瞿鴻禨、章太炎、朱啓鈐等人物的臧否，與鹽谷温、竹添井井、白岩龍平、水野梅曉等日本友人的交遊，等等。此外，信中還含有瞿鴻禨存銀被强硬提取、公館充公，禮和洋行抗訴湘裕公司，湯薌銘誣控之獄等事件的諸多細節。從另一個角度看，葉札反映了松崎鶴雄的一些遭際、觀點。整體而言，此批書信内容非常豐富，學術價值、史料價值較高，值得深入梳理、研究。

其中，爲松崎鶴雄講授《説文》學、字畫碑帖之源流、陰陽五行之學等内容，詳細闡明了葉德輝的學術觀點，值得關注。對於日本友人的問學，葉德輝向來答復嚴謹、細緻，並注意録副以備刊入文集，作爲後學津梁。如第七十八通言：『後籐來遊中國，屬上海樂善堂主人介紹來見，袖出所書篆文稿本，中有疑問一一畣之，後籐忻然領悟。因其又受殷文之惑，故勸以治《説文》。録信二函均于字義大有關係。此二函已留稿，他日刻之文集中，自問可以爲後學南指。廿年以來，承貴國學士文人殷殷問學，弟隨問隨畣，不曾一字存留，大約絶無鑿空之談，亦不敢有杜撰之事。』『録信二函』大概是指《與後籐朝太郎論古篆書》，已收入《郋園山居文録》。該文録還收了《與日本松崎鶴雄論文字源流》《答松崎鶴雄問鐘鼎彝器文字書》，但與本書札册内容不同。

還需注意的是，葉德輝在信中多次與松崎鶴雄討論藏書處置事宜。由於時局混亂，葉德輝一直擔心藏書安危，雖然此時他已將藏書傳給葉啓倬等後輩。〔一〕爲了妥善保護藏書，他曾想『以爲仿楊守敬辦法，以貴國國旗保護』（第六通）。又言『尚農不聽弟言，不肯將書籍寄上海，又未搬出怡園，弟總不放心』（第四十四通），『舍間書籍乞與尚農詳細開導。……日清公司及貴國領事如有正式公文致湘政府便可不搬移，或如前議挂貴國海軍司令旗，而閣下來居亦甚妥善也。總宜搬運出城，或在俱樂部左右佃屋，如能寄上海更妥也』（第四十五通）。還曾『發急電至京，託傳增湘、柯紹忞入府見總統請其轉岑、陸，再電湘桂軍首領保護，以徐總統與岑、陸未傷感情也。又一電託張勳，請其電陸，飭在

〔一〕見第六十八通，葉德輝言：『弟每次家信言此乃尚農兄弟子孫産業，弟既交付，決不與聞』。葉德輝之子葉啓倬，字尚農。

湘桂軍保護』（第八十七通）。事實上，他也早動過賣書的念頭，曾言『貴國有收售者可以盡售，書籍亦然，在中國遇兵燹未免可惜也』（第九通），『弟藏書亦擬出售』（第八十八通）。松崎對售書持有異議。據第十通書信，『閣下謂獲于中國，不應轉輸外國，此箴言可佩者也。若謂失諸中國亦無恨，則未必然也。所願如閣下所云皇天不滅斯文，則敝藏書必免災厄。以弟觀之，大約可幸免耳。』可見松崎曾勸其勿售書於海外，但葉認爲『至于書籍、字畫存之貴國仍可留種還國。自乾隆以後，我國考據家獲益于貴國古書者流風餘韻至今未泯，以近日驗之，如黎蒓齋、楊惺吾兩人所刻之書，雖未盡發貴國之藏，亦可補乾隆諸儒所未見，此非我國書籍流入貴國而仍有益于我國之明效乎？』此番争議，引人深思。在此通信期間，葉氏藏書一直保存於湖南，大體安然無恙。

册末附楊樹達致松崎鶴雄信一通，距葉德輝被難僅一月之遥，涉及葉氏被難前後的一些情況。松崎鶴雄已將有關内容刊載於《遼東詩壇》第二十三號。〔一〕

圖版單碼書眉，標注釋文中書札的序號，以便對照。書札排序儘量以時間先後爲序，若原札未標年月，考其上下文推斷大致時間及序次。若難以推斷，暫以原札所標頁次繫之。每札釋文的末尾，括注該札首葉頁碼及原札序號。錯誤不當之處，尚祈方家教正。

〔一〕參見王逸民、李璞編著《葉德輝年譜》第320頁。

叶德辉致松崎鶴雄書札（釋文）

一（1911年1月12日）

松崎先生我兄有道：

奉書謹悉。弟病已十瘉八九，惟尚禁風未出書房，亦未見客，以醫家云須靜養也。承注極感，容遲謁謝。此請撰安。小弟葉德輝頓首。庚戌嘉平月十二日。（〇〇四·一）[一]

二（1911年2月10日）

柔甫仁兄同學執事：

奉書謹悉種切。大局粗定，秩序未安，湘城略見太平，一切俱待創造，此真最難下手時際，不知貴國維新時擾攘幾年而後大定也。弟日與鹽谷葩山談文論曲，尚覺清閒。瞿中堂事大河領事竟不能有强權。舍間事請商之弟宗人明齋先生。若無强權，暫宜作罷論。不可輕動。且正裁兵之時，似亦無甚後慮。弟日内仍往鄉，月餘即回轉。特此奉告，并頌撰安。同學弟葉德輝頓首。辛亥正月十二日。（〇〇五·二）

三（1911年5月8日）

松崎先生有道左右：

久不相見，因舍弟有妾新故，爲覓葬地，往鄉之日多。聞台從過訪，致失迎候，深爲悵恨。新刻《宋趙忠定别録》八卷又《奏議》四卷，封呈鑒定。趙忠定爲南宋理學名臣，與朱子交善，當時爲奸臣所害，竄薨湖南衡州，故特爲之表章以扶正氣。執事覽其詳即得其始末也。手牋，上頌撰安。承賜桃并謝。弟葉德輝頓首。辛亥四月初十日。（〇〇六·三）

[一]『〇〇四』爲本書頁碼，『一』爲原札序號。下同。

四（1911年10月24日）

柔甫仁兄同學執事：

前有書寄復執事，計已呈上記室矣。武昌兵起之後，湘省于九月初一日辰刻同時爲新軍佔領，余撫台迄無下落，關道汪亦逃，學台兼署藩台黄以霖棄官閒居。勸業道王、長沙縣沈瀛均被新軍殺于諮議局前。王先生先謙避居鄉間。弟尚居省城，御極平安，惟終恐有變，書籍如何保護，尚望賜一方策也。有信只可由貴公司及貴國郵局寄送，中國郵政局不通。此請台安。鹽谷兵起後未見。同學弟葉德輝頓首。九月初三日。

（〇〇九・六）

五（1911年12月18日）

柔甫仁兄同學道契閣下：

別後屢奉賜書，得悉旅居百福，至以爲慰。中國此次大變，爲鄙人與葵園、耘桂諸先生所不忍見，亦貴國天皇以下士大夫所不願聞。蓋東方兩帝國惟貴國與我清，一旦變爲共和，則貴國帝系將成孤立。貴國現雖立憲，于立憲國體未爲完全。鄙人向貴國當軸略獻芻蕘，以爲非全師英國立憲斷不能享長治久安之福。葡陶牙與中國此次之革命均以一月之久而成功，天时人事相逼如此，吾輩抱忠守道之士亦束手無如之何。前此湖南所立都督焦、陳二姓乃長江會匪之魁，今所擁戴者爲諮議局長譚延闓，其人有文學，亦善經營，湘省尚無十分危險。從前起事之三五年少學生爲兵界排逐殆盡，故官吏治事、商民營業，一切如常。然商民因漢口爲清兵燒毀商埠之後，轉運不通，上海、湖南兩處受害尤巨，即舍間商務將來事平結算恐亦在數萬金。鄙人乃不畏貧窮者，將來教授營生，筆墨餬口，或當國文教習，或營報館生涯，皆足爲自了漢。特此時上有七旬之父母，下有可成可敗之商業，一身羈絆，不得自由。貴國人士如竹添君、本願寺主均約爲東游，盛情極可感，無如勢有不能。上海外來人太多，明年春間恐有流疫，似亦非淨土。書籍運滬載費一時難籌，至貴國任保護亦非長沙多駐兵輪，由上海領事知會兵官照料不可。若僅行文軍政府外交司，彼能管兵丁不能管土匪。籌思再四，苦無絶好機關。九月初旬避亂鄉間，得詩二卷，寫寄青山先生，多諷刺之詞，暫不能付刻。近日將家藏字畫、碑帖手書之題跋一一録存，以待事定校刻。此二十年心力所聚，不欲付之雲煙。又擬于來月往鄉居編藏書目録。所刻書板寄存一廟，幾爲兵隊作爨薪，幸早運回，尚未損失。聞葵園、湘綺兩先生書板亦無恙，是則大幸之事。貴國將來如有多數兵隊來湘，則請就近于上海領事署請一照會，知帶兵官來舍一行，鄙人當優禮接待以圖保護也。領事四月中曾見過，彼尚問《素女經》，因未印出，故未送也。此請撰安。同學弟葉德輝頓首。中歷辛亥十月廿八日。

（〇一〇·七）

六（1912年1月6日）

柔甫仁兄道契左右：

前由茚山兄處奉寄一書，旋得賜覆，祇悉種切。兩湖兵起之後，屢承關注慰問，殷殷感謝之忱非可言罄。此時湘省雖平安如故，然兵事不止，人心終不能安。昔諸葛武侯云『苟全性命于亂世，不求聞達於諸侯』，區區之心，廿年相誓，每思『苟全』二字之理，亦非有大學問、大經濟不能做成。此時中國人人如巢幕之烏，朝不保夕。鄉中時有土匪，雖諸葛生于今日，南陽將無可耕之田，是『苟全』二字在我輩所處之時與地更無一而希冀也。上海和議據報紙所載，兩面條款均極爲難，恐不易于就緒。所可冀者，各國均望和平，袁兵及各省均難籌餉械，兩面欲借外債，不獨共守中立亦勢有不行，或者于此數事之中可望一綫之生機耳。

閣下爲弟藏書畫計，以爲仿楊守敬辦法，以貴國國旗保護，弟亦詢問茚山兄，因貴國兵輪在長沙者僅只一號，國旗非有兵力人亦不畏，所慮者潰兵與土匪。若文明軍隊有國旗與無國旗同等，何必多此一番經營。中原古書、古物每逢一次兵亂不知消滅若干，以屢朝改革及平日火水所失計之，殆已如恒河沙數矣。現在北京内閣及圖書館古書宋元板殘册猶多，設有兵亂又何可設想耶？弟居湘潭朱亭鄉中一月，作詩數十首，已寫付青山先生，有暇覓人抄一分送閣下。日來正編藏書及字畫目録、題跋，字畫已告成，書籍正在趕辦，字畫貴國如購藏圖書館、博覽會，弟即出售，以免在中國遭險。亦正恐兵燹不測，留此雪泥鴻爪告之後人耳。

葵園、耘桂兩先生久不通問，省中惟一葧山講學而已。[一]此請台安。外兩舍弟事略一本呈教，頗有別致。同學愚弟葉德輝頓首。辛亥十一月十八日。

（〇一四·十一）

七（1912年1月15日）

柔甫仁兄學長左右：

前陽歷一月七日由葧山兄轉寄一函，内有兩舍弟事略并致金閶伯太守書，又隨寄《石林詞》一本，想已早邀台覽矣。上海和議不成，戰事又起，各省均無統率，獨立本自爲難，袁内閣久歷戎行，各省尤非其敵。湖南兵士自湖北歸來之後，其氣益驕。譚延闓乃一白面書生，如何能預兵事，將來決裂自在意中。弟以父母室家之故，不能遵命遠來上海。

舍間書籍本在危城之中，前承指示辦法，仿楊守敬之例插貴國旗幟保護，本係上策。但長沙領事大河平君頗膽小畏事，日清公司粟井、迎英輔兩君但欲弟將書籍移置公司，無論書籍太多，公司屋小不能安放，即能安放，而檢閲頗不相宜。仍求閣下在上海領事處移文駐湘領事或軍政府，仿楊守敬保護之法及湖北龜山兵工廠法，庶得免于兵燹。此事務望速示施行，以湘省危急情形朝不保夕故也。手此，敬請纂安。弟葉德輝頓首。陰歷十一月廿七日。

再，湖南近年以來刻書者少，故刻工亦稀，每刻一書久延時日，而家藏善本未刻者固多，即刻而傳本或少，頗令好學諸君子有望梅之心。擬與鹽谷葧山兄或閣下組織一刷印局，專印一切人間未見之書，一面布置一二東式房間以便閣下二三游學至好之旅館。仍然出食用旅費。其活字板及玻璃板不知須費若干，乞便中查考。活字板似宜大小兩種字，如島田翰所印各書式，其玻璃板則專印法書、名畫。閣下經理報事亦可移筆硯于長沙，則真讀書樂事也。德輝再拜。

（〇四一·卅八）

［一］『而已』二字塗抹不清。

八 [一]

柔甫仁兄同學道契左右：

前有書託莭山寄尊處并有金蓉鏡介紹之函，想已早邀台覽。兩旬未得諭示，想因報事忙極，無暇及此，然于莭山處則固時時得閣下近祉矣。湖南兵事殊不安静，雖無大搶，然一日之中或搜奸細，或毆警兵，或閙商店，或兵與兵衝動，時時聞有槍聲，以新常備軍爲尤甚。州縣審判兵亦干涉，戲園妓館無一存留，貧民不能謀生，景象極其可慘。籌餉局四處騷擾，其當事皆平日無業謀食之人，一旦乘此亂離，大肆搶劫，民國如此何能成立？

瞿中堂有銀存匯票號，竟被局人强硬提取，又將其公館充公。聞其存銀及公館已由貴國正金銀行呈領事向湘領事干涉，湖南外交司回言外國不能在城中有不動産，大河平領事竟亦不能辯駁，領事人太長厚。弟亦不知瞿中堂如何辦法。若以居宅作爲貴國之業産，本不合宜。惟云該銀行之銀將此作押，外交司如果争論，即令其代償相當屋房之價銀招人受售，則彼外交司斷不能再有異詞。請告瞿中堂存款銀及房屋皆可如此辦理。存銀摺據必在行裝，并可再由上海領事行文湖南，言其在上海抵押巨款不得由他人擅取，蓋不動産與抵押物分二種也。弟亦如此辦理。銀行賣辦葉明齋係族人，明齋處如相識，亦可就商。已有函託之。

至于書籍則仰懇閣下呈請駐申領事言已定購，估值五萬元，事平運滬，即煩外交司轉民政警察及軍政府妥爲保護，便可使當事竭力保護。將來擬于湘省設一圖書館，接待貴國游學之士，則誠斯文之大幸也。濱海風寒，諸維珍攝。專此，敬請台安。愚弟葉德輝頓首。

（〇三八·卅五）

[一] 所言瞿中堂事在第九通之前，且時間相隔不遠，故繫於此。

九（1912年2月14日）

柔甫仁兄學長道席：

前由莭山兄處轉寄兩書，計已早邀台詧矣。大局不定，講學亦難，湘省二王先生各居遠鄉，耘桂先生亦數月不知踪跡。伏生避秦，管甯避魏，此鼎革時代之正途，獨鄙人奔走于槍林彈雨之中，與莭山談史論曲，此亦古人未有之事也。瞿中堂事，大河平領事此人庸懦已極。殊覺無能，湖南外交司持外人城內不得置産之條約以相抵抗，鄙人告大河平領事言此乃瞿姓抵押正金銀行之款，非不動産之可比。外交司如代瞿姓清償銀行之銀，則存款不問。如有人以相抵之價受售瞿屋，則此屋即交外交司管理。此極易回畣之事而大河平領事不能向其置辨，可見大河平之無能。此事恐非由上海領事行文湖南外交司並派貴國人前來佔領，決無完結之日。莭山兄亦不知外交事，若使井原真澄在此，必出以强硬之手段，早已派貴國人居住矣。民軍號爲排滿，推倒專制政府，其搶奪人之財物無異寇盗。聞各省情形相同，此亦如何成國？徒然見笑列强而已。

再，弟藏書畫百數十件，貴國來遊者多見之，貴國有收售者可以盡售，書籍亦然，在中國遇兵燹未免可惜也。此頌撰安。

弟葉德輝頓首。辛亥十二月二十七日。

（〇一七・十四）

十（1912年3月30日）[一]

柔甫仁兄學長有道左右：

陰歷上元後仍還鄉居，家中附到台函，敬悉種種。閣下今之血性男子，于朋友患難之事奔走呼號，竭智盡力，真令人銘佩無已也。止庵中堂之交涉不料其翻覆如此之多。中國人士與貴國唇齒相依，其中亦分三類：一政府與政府之交；一讀書好學者與讀書好學者之交；一非讀書者與非讀書者之交。以今日時局，政府與北政府之交必無所損，以同主君主立憲故也。以愚見決定今之時局，東方諸友邦必助袁世凱爲君主，必不認民主，英美必中立，請公速示一信與弟以此事相博。政府與民軍政府之交必無所

[一] 花朝日有農曆二月十二日、二月十五日等説，此信公曆日期按照農曆二月十二日換算。

合，以民主、君主各一宗旨也。非讀書者與非讀書者之交，悠悠泛泛，可離可合，本不足以言交。若交之久者，惟我國二三好學之士如弟與莭山、閣下之類，則所謂讀書者與讀書者之交，真有一日不見如三秋之感者也。

弟自去年省變後，本擬往南嶽爲僧，箸書以老，意謂國破未有家不破者。不料今日尚得與故交通音問、作應酬，此不幸中之大幸，其得隴望蜀而欲以家産託之正金銀行本家明齋先生，藏書託之貴國保護者，亦因白岩子雲兄及湖南日本輪船公司粟井、迎英輔兩君及莭山同學再三爲弟畫計，不欲拂良友愛我之意耳。弟與莭山笑談放火殺人之事，無日兵決不能保護，苟無放火殺人之事，則又無用其保護，此一定之理也。又與民黨笑談云，民軍決不殺我，土匪則殺我，譚都督聞之亦解頤也。至于書籍、字畫存之貴國仍可留種還國。自乾隆以後，我國考據家獲益于貴國古書者流風餘韵至今未泯，以近日驗之，如黎莼齋、楊惺吾兩人所刻之書，雖未盡發貴國之藏，亦可補乾隆諸儒所未見，此非我國書籍流入貴國而仍有益于我國之明效乎？閣下謂獲于中國，不應轉輸外國，此箴言可佩者也。若謂失諸中國亦無恨，則未必然也。所願如閣下所云皇天不滅斯文，則敝藏書必免災厄。以弟觀之，大約可幸免耳。書目正在編撰，大詩容遲奉和。此請撰安。同學弟葉德輝頓首。壬子花朝日書于朱亭。本月内仍回長沙。

（〇一九・十六）

十一（1912年6月16日）

柔甫仁兄同學道契左右：

入夏以來未得問訊起居，時以爲念。敬惟箸述宏富，游息安康，如頌爲慰。弟今年正、二兩月在鄉，三月以後居城垣，與莭山相聚談文論曲，相得甚歡。此時已束裝，將東道出上海，必與閣下相見，一切况狀詳之當詳。湖南自去年以來幸未擾亂，統兵各官均愛惜名譽，絶不騷擾地方，其見于報紙詆諆者只四十九標仟餘人耳，兵隊至五六萬人，僅此小數爲人所不滿意，則湖南軍人之學問實可爲各省之表式。弟謂立國之道首在教育，教育注意全在國勢，此十年内各省所練新軍除袁世凱諸軍外，當以湖南爲第一，則教練之功爲有效也。近時兵皆出防，省城極安静，故交星散，無可與談。日以作詩自娱樂，其中贈貴國名流者尤多，在莭山行笥可取觀也。手肅，敬請箸安。同學弟葉德輝頓首。壬子五月端午前之三日。

（〇〇七·四）

十二（1912年6月28日）

柔甫仁兄同學道契執事：

久不奉書，莭山于陰歷五月初七日由長沙起程回國，自云道出上海。託其帶一函問起居，近不知稽留何地，殆不日將來滬上矣。長沙自去年九月以來較之他省總覺安靖，兵隊惟一千餘人中國兵制之一標。不守紀律，各處報紙所詆之四十九標是也。其標官爲王隆中，亦他軍所不滿意，故雖一動一止皆爲他軍所脅持，無他慮也。湖南新軍本非全體革命，各統兵官亦多文明誠樸之人，特初起事時有新招之兵不免擾亂兵紀，而其咎實由撫台以下各官逃走，其時老統兵官多不在城，故繼鄂而變，此大清該亡之兆，並非革命有功也。今日革命諸黨最爲兵事人所排，苟與兵官向無交情，未有可立足者。即如黄興近日欲回湖南，兵官即遣多數代表往上海拒之，可知其彼此不相合矣。

葵園老人現居平江，離省二百里，並無人與之爲難，不過思其捐銀助餉耳。耘桂居鄉，離省百里，此時注《墨子》，時有書往來。弟則在省居有二月之久，幸託平安，作詩頗多，不能速刻成。欲作懷人詩，如閣下及島田諸君均在其列，尚未起草，成時當寄上請教。藏書目正在編録，容遲寫呈。此頌箸安。止盦相國暫時似不必回湘，請告鄙意。同學弟葉德輝頓首。陰歷五月十四日。

（〇四四·四十一）

十三（1912年7月23日）

柔甫仁兄同學道契左右：

前奉惠書，隨即裁答，想已久邀台覽矣。鹽谷莭山君行抵上海，與閣下相見否？回國後尚無信來湘，弟處亦未通信，思之甚切。

承示禮和洋行抗訴湘裕公司之事，弟于該公司素非股東，亦無來往，其公司尚未知在何地段，如此牽控不知彼何所憑。弟等三四人皆湘中人人共知之人，姓名任人指目，至于訴訟，則必得有本人憑據及親書籤押或債或借之銀錢理由，經人交涉不了，然後有控訴之事。此事弟竟茫然不知。中外東西無此憑空造作之訟案。查湘裕公司似聞是一錬銻之廠，當初爲朱恩紱創辦，記是光緒己亥以後之事。其與禮和有無膠轕，外人無從知之。葵園久不在城，無從考察。止盦中堂多年服官在外，必非此公司之股東。至于弟于地方一切公司從未入有股份，即如鐵路之正大實業，弟亦無股票在手，其他可知矣。請于見止盦中堂時告以該公司來歷如此。朱恩紱向與中堂至交，該公司如有訴訟事情豈有不通知中堂之理，此真不知何處飛來之無頭公案也。朱恩紱係典禮院直學士，遜位詔下即回湖南避居山中，足迹不入城市，于弟爲同年之交，踪跡甚爲冷淡，此事亦無從問訊，始終本末固不知其詳也。當此無法律、無政府之時，新奇怪事疊出不窮。然無法律、無政府，必有公理、有社會，想不能如此誣人耳。贈詩一幅郵寄在外。此請撰安。弟葉德輝頓首。壬子六月中伏[一]。

（〇二五・廿二）

十四（1913年1月9日）

柔甫仁兄道契同學閣下：

滄桑多變，久未訊問起居。六月中奉讀賜諭，登時答覆島田君，爲其夫人所撰墓志寄送葵園，至今未復。葵園于去年九月往岳州平江縣城依其親戚□□[二]厚庵部郎久居，間一通訊，聞其箸《三家詩疏》而已。弟自八月遭家大人之喪，今已百日卒哭。海上僑居各友音問久疏，不獨閣下，即莭山處亦不得消息也。家大人今年七十有六，素履康健，因七月下旬偶爾感暑，遂至違和，辟穀二十日，至八月十七日棄養。弟率子姪治喪如禮，幸不踰越禮經。當時本應赴告閣下處，因殯葬有

[一] 本年夏至與立秋之間出現了5個庚日，中伏應爲20天。本年中伏第一日爲7月23日，暫以此日作爲寫信日。

[二] 原信二字缺損。

日，遂爾遲遲至今。兹特寄上赴聞三封，内附行實一本。鹽谷青山先生父子并乞郵便代交，一切厚賻遺命謹辭，惟冀錫之誄文、挽詩録稿寄示，并乞以此意告之莭山。則感戴無已矣。此請撰安。同學弟葉德輝頓首。舊厤壬子十二月初三日。

（〇二八・廿五）

十五（1913年2月16日）

柔甫仁兄同學閣下：

新年奉到陽厤正月念七日賜書并《獨抱樓詩文日記》三部，均已讀竟。塵氛滿目，得此如撥雲霧而見青天，可稱近日快心之事。葵園、耘桂兩處當即由便足寄交，俟有回書再當轉告也。弟自先君見背，文字久荒，迨過百日卒哭之期而年景又迫，以致尊處久未通音。民間以舊厤計年，本係風俗固有之事，故一切賀歲儀節一時不能改移。聞貴國自明治改厤以來至今民間仍然守舊，大約民之所好好之，政府亦無强迫之政令也。先君一生古道非弟所能表章，非得海外知己如閣下及青山、莭山父子之文章巨手不足以增寵光。前由郵局寄上行實三本，決不至于脱遺，或者郵局遲延尚未寄到耳。今再補寄三本，其一存閣下處，其二乞覓妥便寄青山、莭山父子，能于行實後作書後或挽詩見示，則受惠多矣。專肅，敬頌撰安。同學弟葉德輝頓首。癸丑夏正正月十一日。

（〇三〇・廿七）

十六（1913年2月18日）

柔甫吾兄同學道契：

陰厤十二月下旬接陽厤正月念七日由虹口文監師路安藤宅中寄來賜書，正在回答，又由日清公司交到《獨抱樓詩文日記》三部，即遵台命分寄葵園、耘桂兩先生各一部。于今年陰厤正月初五日再接陽厤一月念五日尊函，詳悉貴友人在滬刊《星期報》，欲採敝國文士詩文，此等盛舉實深欽佩。弟生平箸書之日多，作詩文之時少。辛亥國變後作詩二百餘首，已寫一本寄青山先生。久欲寫一分奉請教正，苦無閒暇，遲遲至今。自先君見背，于禮不能爲文，此二十七月之中，斷斷不能有詩文稿矣。繆、沈、金三公近在滬上，閣下與金相識已久，其箸作就近可以取裁。湘中耆老逃匿一空，恐無所得。命尋二王先生傳本，當草創爲之。鄙人則無足道也。專復，并頌撰安。同學愚弟葉德輝頓首。癸丑夏正正月十三日。

（〇三二・二十九）

十七（1913年2月20日）

柔甫仁兄學長執事：

陰厤正月十一日、十二日由郵便連寄兩書，并先恭惠行實三本，此時計已邀台覽矣。屬考王湘綺、王葵園事蹟、箸作，即託其門人撰成小傳。別紙鈔呈，共紅格四葉。他日《星期報》出，使弟先覩之，亦幸矣。弟平生學派不獨與湘綺不同，即與葵園亦有出入，承執事齒録，幸分別言之。近刻《藏書十約》一卷、《游藝卮言》二卷，訛字甚多，以朱筆校改，此書分贈友人已盡，俟再印出而後可贈茚山。又《嚴冬有詩集》二本，亦初次草草印出，訛奪亦不少。校書如拂塵掃葉，時時悶人，弟于此事耗費心力已三十年。清亡而我不亡，殆天意留之以延古人壽命耶？自辛亥鼎革後，葵園、湘綺皆睽隔一年，長沙省城當事者皆不識字之土司，人少鬼多，寂寥誰語？執事逍遥海上，久旅忘家，亦曾念及故人孤栖之苦否？雨窗囈語，聊博胡盧。即頌撰安。同學愚弟葉德輝頓。癸丑上元日。

（〇三四・卅一）

十八（1913年3月12日）

柔甫仁兄同學左右：

入春以來，接到貴社《星期週報》四分并奉陽歷三月初二日寄諭，敬悉旅居萬福，箸述等身，至快至慰。但弟於貴國和文不甚解晰，報載各種文讀之均不了當，誠恐有負雅教，不得不將下悃呈明，且欲此報暢消于市場，亦非全用中文不可，否則僅有少數之學堂、報館取閱而已。承示代覓葵園先生《四家詩疏》及《莊子集解》，因板存書局，遭革軍損壞多版，現在集工補修，印行恐非目前之事。周荇翁《思益堂集》板存家塾，坊間未易覓之，然必爲之代購，以報台命。至光緒以來經學家、金石家、文章家、詩家、書畫家小傳非容易之事，亦不可濫收。若非大衆皆知之名家，恐爲人所竊笑。此事萬不可草草從事，高見當以爲然。大作詩暫未和畣，容後續寄。此請撰安。弟葉德輝頓首。陰歷二月初五日。（〇二三・二十）

十九（1913年5月1日）

柔甫仁兄同學道契執事：

月内三奉惠書，因人事相乘，日無暇晷，遲遲未畣，時歉於懷。湘中自革命後，外觀似安静，内實擾亂異常，真革命去而假革命來，人頭畜鳴，比比皆是。弟以一筆一舌縱横其間，彼非有所忌憚，一由不識文字之淺深，聽弟所發言及其文詞竟如三代鼎彝不能得其義訓；一由一心謀利，廉恥俱忘，大有笑駡由他笑駡之意。國民黨事事干涉，譚延闓明知其非，且明知不能敵北京政府之勢利，而爲人牽鼻不能自由。自宋教仁死案出，一般無知之黨人有主招兵抵抗北政府之説，其黨中亦有知利害者，不肯附和主張，故招兵之説時滅時生，謡言之興亦由于此。弟謂愈擾攘愈不共和，既不共和則是助成袁大總統之帝制。天時、人事殆有相逼而來者耶！金甸翁挽先君詩前[一]二三日郵寄來湘，兹讀來書，其中稍有一二句改削，殆竣稿耳。附文一篇呈教，并頌撰安。先君墓銘擬作一底稿，借田島[二]名書之，稿遲寄上。同學弟葉德輝頓首。[三]癸丑夏正三月廿五日。（〇三六・卅三）

二十（1913年7月16日）

柔甫仁兄同學道契左右：

申江别後兩奉諭書，藉稔動止吉祥，德門納祜，至以爲慰。聞近狀頗有不適，此非先事之所逆知。竊謂家口衆多，自不能無期功之戚，寒暑遞禪，亦難保無疾病之乘，所冀天相吉

[一] 原信此字塗抹不清，疑爲『前』字。
[二]『田島』疑爲『島田』之誤。
[三] 旁有一行小字，字跡已磨滅不清。

人，勿藥可喜。嫂夫人將來同遊中國，或亦卻病之方耳。

弟在此因族中修譜，爲總纂一切，目前尚不能有緒，大約陰厤七月以後始可回湘。中國自堯舜以來，由部落世界一變而爲宗族世界，故《中庸》言治國平天下必本於修身齊家，《堯典》則云『九族既睦，平章百姓』。六朝、唐人尤重門第，是以《隋書・經籍志》于各姓私譜收録甚多。自後譜例之善必曰歐、蘇。歐者，歐陽修；蘇者，蘇洵也。弟家葉姓爲江左華胄，自宋以下衣冠簪組，世代相承，同族均在江蘇，弟之籍貫湖南不過流寓，水源木本全在于兹。同族以修譜之事相推，義不可却，故必待譜已修成之後，始可回南。近日《時報》所載弟各事全屬子虛，大約報館主筆人誤聽謡言輕于登載。湖南有家信，上海有友朋詢之，並無其事。亂黨造言儘可不辨。弟待譜成後一定回湘，無所顧慮也。

《唐詩三百首》選者心眼俱高，自幼童塾讀書爲必誦之課本，而選者自稱蘅塘退士，無論名儒碩學皆不知其何人，他書亦無可推證。曩曾與耘桂考之，至今未得姓名也。苗山處覆函煩轉寄。此請撰安。同學弟葉德輝頓首。舊厤癸丒六月十三日。

（〇四六・四十二）

二十一（1914年1月19日）[一]

柔甫仁兄同學閣下：

過訪彼此相左，渴念之至。昨見玉泉街買舊書人，知汲古閣刻《説文》、江蘇書局刻《説文繫傳》均爲閣下購去。此二書尚非至佳之本，必得孫刻、祁刻校勘一過，庶乎有用。王筠《説文句讀》《説文釋例》《説文繫傳校録》三種皆入門之書，似尚易購。中國陰厤已將新年，家製年糕四方，聊佐茶話。此請撰安。弟葉德輝頓首。癸丒小年。

（〇四九・四十五）

[一] 小年日期因地域有所不同，北方地區是臘月二十三，湖南等南方大部分地區是臘月二十四，此信公曆日期按照臘月二十四日換算。

二十二（1914年1月31日）

松崎柔甫同學兄台鑒：

舟中握别，爲之惘然。凡事定數在前，此番出遊，豈初意所料？現在住日清公司一二日，因湘江及各公司船均未到，所以在此安居。此間乃伍鎮守所駐之地，伍鎮守爲弟事游説于湯前，湯置之不答，蓋伍之心中亦不悦湯也。同行貴國人極多，均相愛之至。弟與貴國商人文士感情至深，每有棄家去海外如朱舜水故事，今不可必矣。洋衣褲一包、洋帽一頂費心送交舍間楊君樹穀，匆匆不及作書，請兄告之。北京電發去，青島密電不能去。此請台安。弟葉德輝頓首。夏正正月初六日。

（〇五〇・四十六）

二十三

柔甫仁兄同學閣下：

前日枉顧，暢談甚快。此次意外之禍九死一生，設無大總統提出光復坡子記之功，令湯督交法庭，安能如此了結之速？但湯督從此恨之尤切，此間斷不可久居，擬於明日坐沅江赴漢，徑往北京。乞先託岡西門先生護送上火車，以免再有他變。連日不敢出門，尚望見諒。此請台安。弟葉德輝頓首。

（〇五四・五十）

二十四

柔甫仁兄同學執事：

臨行諸承照拂，感謝不盡。初六日至岳州，有信託守安先生帶回洋衣褲、洋帽等件，請交舍間點收。是日九點鐘湘江船到，即坐此船于次早九點鐘抵漢口。住松廼家旅館，樓房甚潔，勝于中國客棧也。到即訪岡西門，云外出未歸，已等四鐘不見來，想是忙冗耳。此請撰安。弟葉德輝頓首。

（〇五五・五十一）

二十五（1914年2月4日）

柔甫仁兄同學執事：

初六日抵城陵磯，有書寄左右，想已早登記室矣。是晚附湘江輪駛行，次日早抵漢口，有書詳達西門先生。連日相見高橋副領事及池部政次君，收藏明清兩朝書畫，頗有佳品，然皆中等名家。優禮相遇并招飲府署，索書、索詩，客中無筆墨，草潦以應，愧悚之至。有一書寄雷愷，民初。請其檢書寄領事府及西門先生，即《藏書十約》《游藝卮言》《嚴冬友詩》也。此請撰安。同學弟葉德輝頓首。夏正正月立春日。

（○五六・五十二）

二十六（1914年2月18日）

柔甫仁兄同學左右：

在漢由西門先生寄奉《讀説文詩》一首，又有函致粟井諸君，想已早邀存記矣。弟于二十一日由漢起程，至二十二日下午五鐘到京，次日見熊總理，詢其辭職原因，據云武人時代諸事棘手，武人以減兵之事，群有電攻之。總統制立内閣必撤消，不如早辭以免臨時難于收束。日内雖爲大總統堅留，别有位置，然甚不願再入政界日與風潮相激戰，故此時已將束裝赴天津矣。隨見楊祕書，度。言弟被捕之事并無電致中央，惟有家信與湯化龍，事頗陰險。梁法部啓超。大不以湯爲然，故湯無所施其計。大約在京不過一二月即行南歸，此時已備呈帖呈達大總統，將來得一名譽上之位置即可歸而侍親也。楊樹穀、劉肇隅同行到京，因事忙未得致書左右，屬爲問安。楊君仍爲孫代理挽留，然不久于此，一俟總統制定可以同歸。北京連日大雪，卻不十分寒冷，前二十年無此氣候，豈鐵道交通，天時亦爲之變耶？此頌台安。到廠肆如見孫刻《説文》、祁刻《繫傳》當購以相贈。弟葉德輝頓首。舊歷正月二十四日。

（○五七・五十三）

二十七（1914年2月20日）

柔甫仁兄同學左右：

到京有信寄上，想已早邀台覽。此間朋友極多，頗不寂莫。應酬之外，時在琉璃廠書店閒坐。孫刻《説文》、祁刻《説文繫傳》已得原板各一部，南還帶歸奉贈也。書店舊書尚多，中國買者亦有數人，然價已較前十餘年數倍矣。貴國亦時有人來京買書，卻是尋常之書。宋元板固少，有亦無識之者。昨已有信呈大總統矣。此頌撰安。弟葉德輝頓首。正月二十六日。

（〇五九·五十五）

二十八

柔甫吾兄道契左右：

到京已一月，諸事了妥。弟因江蘇族中有信到京，催回上海修譜完局，是以不及回南，在上海不定有多少日子。以去年稿本未齊，是以中止。族大人多，故有此費手之事也。茲託楊君薌詒帶交祁刻原本《說文》一部、《說文繫傳》一部、後附校勘記一本。孫刻原本《說文》一部，即以奉贈，至祈察收。到上海再有信奉告也。此請撰安。弟葉德輝頓首。

（〇六〇·五十六）

二十九

柔甫仁兄學長左右：

弟于舊厤二月二十四日出京，于二十五日抵漢口，同行者爲楊君薌詒。因楊君回家，屬其訪左右面述一切。弟以上海譜事催迫，必往一行，所以在漢口稍稍停頓，不日首途也。楊君仍在國務院代理孫君，一切照熊君舊章，毫無更動。袁總統久望徐世昌出山，以此總理一席待之。徐遲遲不行，頗有深意。有人言其在清隆裕太后時辭職，清室堅留，徐不允，末後有誓不在民國做官之言，所以不願爲總理以違誓詞。又有人言徐非不出山，以政局黨派紛爭，不願與若輩角逐。現居青島，心亦安閒。

清史館徐曾薦王葵園、柯鳳孫、劭忞。于蕙若式枚三人爲總裁，以其官尊，非專重文學。然京師公論于葵園皆無異詞，特恐葵園年老，難于北行，已未決妥。而趙爾巽忽然自請修清史，有信求大總統欲佔此席，其信中有應報清朝二百餘年養士之恩等語。此人大是可笑，京城學者及報館主筆無論爲新爲舊皆以爲笑談。或云趙爾巽本人之意并不在此，不過官興發動，藉此上臺，不久亦運動他往，此不過借徑而已。京師政局如此，弟斷不能久居于此，觀此無謂之戲場。弟並不入清史館，如王、柯諸人爲之則尚可略參末議，他人則不與聞。惟有歸隱空山自修一史，以與官史相敵。所費不過二三萬金，弟或能爲之耳。此請台安。弟葉德輝頓首。

（〇六一・五十七）

三十（1914年4月2日）

柔甫仁兄同學左右：

日前見岡西門先生并出手書，北京公使館中畑君轉交閣下書并收到已久。讀之知湘省情形擾亂未已。弟因上海族人修譜之事，本約本月前往完功，頻有函催，故便道先往。回湘在四月，擬遠居僻鄉，一意箸書，不問世事。古來鼎革時代，人民蕩析離居，亂徒四處蜂起，以今方之，殆猶太平時日耳。在京購得祁雋藻原刻《説文繫傳》一部、孫星衍刻《説文解字》一部，曾交西門先生。據云已由代理駐湘領事池[部]［一］政次帶交，想已收到矣。此頌□安。廉生劉君暫寓京，薌詒則返湘，見時催其早入京，以徐世昌已出山也。同學弟葉德輝頓首。舊厤三月初七日。

（〇五一・四十七）

［一］原信此字磨滅。

三十一（1914年7月28日）

柔甫仁兄學長左右：

奉讀覆書，敬悉起居萬福，至以爲慰。湘綺老人回湘，乃畏京師炎燥，似無一去不返之意。此老初入官場，亦頗高興。瞿相則決然不來，已有書告鄙人矣。劉巡按乃故人，性情亢爽，心地慈祥。湖南連年苛虎其魚，小民痛苦已極，得此公前來培養，或者其有生氣乎？鄙人前此來京乃避小湯誣控之獄，非畏其別用武力也。新例訟案六十日無效即應取消。自三月至今已百餘日，原可早歸，因在京候家中寄書，守此已經日久，大約再有兩旬可以回湘矣。在京作詩甚多，歸家即可付刻，從此屏除人事，日與閣下討論《説文》、小學各書，以成閣下之箸作，大是妙事。惟鄙人此次已受破産之累，商店既已與三舍弟分析，此來用費已近三千元，以後如難恢復，則無錢買書矣，一笑。此頌大安。弟葉德輝頓首。甲寅夏正六月六日。

（〇六四・六十）

三十二（1914年9月1日）

柔甫仁兄同學閣下：

到京已三月之久，曾接閣下六月初五由长沙寓書，因終日應酬未得奉覆，深以爲歉。内開載《説文》諸書皆係應看之件，以後按照《書目畣問》所列者隨時收買，可以爲《説文》專家。大凡考據之學，如説經解字不獨不能用宋儒書，即魏晋以後之書亦不可援引。《字林》《玉篇》均非原書，郭璞、杜預解經不通小學，頗難依據。《方言》《釋名》雖係漢學，然以《方言》注《説文》之方言，時有不合，故當博採各書引用之方言，以補其未備。杭世駿《續方言》在《杭氏七種》内，程際盛《續方言》在《珠塵叢書》内，我家有之。《釋名》專從聲音求字義，别爲一種小學，亦不可强《説文》以從同。竊疑此書爲名家之遺，所謂正名之書也。解《説文》以六經、周秦諸子之遺文爲第一，特其文甚少。此外如漢人經注爲要。許慎學出賈逵，賈逵《左傳注》最好證《説文》，惜涉于訓詁名物者不多見，最好則《蒼頡篇》《蒼頡訓纂》之類，則真《説文》之源頭矣。任大椿《小學鉤沉》採輯甚多，後有陶方琦補輯，大約出于貴國所刻之一百卷足本《一切經音義》爲多，惜多錯字。乾隆以來治《説文》者衆推段玉裁，然勇于改字，又信唐宋人引用多誤之《説文》，是其大病，不可效也。湘綺出山爲報所詆，殊不值也。此請撰安。近日作詩甚多，擬用活字排印。同學弟葉德輝頓首。甲寅七月十二由北京發。

（〇五二・四十八）

三十三（1914年10月21日）

柔甫仁兄學長左右：

日久兩隔，不得謁談，時以爲悵。近印出鼎革以後詩集，檢出七分，一分呈教，六分請轉寄各友人。歆江先生近在何所？容當續寄也。此頌撰安。弟葉德輝頓首。甲寅夏正九月初三日。

（〇六六・六十二）

三十四（1915年8月4日）

柔甫仁兄同學左右：

尚農呈上賜書并葡萄佳果，拜讀拜領。海瑞爲明臣，治江蘇有政聲，事蹟載《明史》本傳，可告之貴友人也。北京章太炎先生寄來《説文答問》一書，於文字之假借言之頗深微，然以陽聲、陰聲對轉、旁轉爲經緯，仍不出戴、孔二氏之藩籬，似乎拙作高于彼也。惜手民甚忙，不能早刻使諸君快覩耳。此頌台安。弟葉德輝頓首。乙卯夏正六月二十四日。

（〇六七・六十三）

三十五[一]

柔甫仁兄同學左右：

奉上石刻二種：一爲弟作古文，一爲弟作駢文。古文非桐城，亦非陽湖，頗有自樹一幟之意，無如桐城、陽湖已成兩派，終不能許我參此席也。駢文雅近唐人而覺不能逃出有清風氣之外，則時爲之也。湖南人以王、葉并稱，京師海内亦如此云云。其實二王皆老輩，不敢與之比肩，亦不願與之比肩也。公當于貴報中一洗弟之冤屈，一笑。明日早光。此頌台安。同學葉德輝頓首。

（〇六八・六十四）

[一] 第三十五至四十通，依信紙所標頁碼，暫繫於此。

三十六

柔甫仁兄同學閣下：

昨日謁賀新年，適逢公出未晤，悵然而返。冬晴日暖，欲邀公作竟日之談，即命家庖略備醴簋，擬于明日午後兩點鐘屈駕來舍小飲，或早來二三時以便暢談并看書畫，不知有閒否？如蒙惠然，當掃榻以待也。此請台安。同學弟葉德輝頓首。

（〇六九・六十五）

三十七

柔甫仁兄同學左右：

奉示已悉。近作《六書轉注説》已脱稿。又作《六書假借説》，尚未成。此二篇擬作一手卷，書之以贈閣下，容遲覓得佳紙再報命也。此請撰安。弟德輝頓首。（〇七〇・六十六）

三十八

柔甫仁兄同學左右：

《中國婦女纏足考》已令尚農將抄録之件奉上，計已早登記室矣。三井託覓協理商務之人，有戴廷貴，字季梅。湖北人，從前爲官署房吏，官場無不相識。將軍巡按兩署，同鄉相往來者尤多，往在將軍署充顧問，軍界上下皆相納交，天樂居爲其大股東，又開有益昌厚錢號在下坡子街，故省城巨商常與聚會。三井如果聘請，弟即作介紹人，請轉致新來大幫可也。此頌台安。《説文》中有注闕字者四十七字，已將其例説明，容遲抄上。

同學弟葉德輝頓首。（〇七二・六十八）

三十九

柔甫仁兄同學左右：

奉示并《纏足考》，此文不必交還，即由尊處寄往貴友可也。三井之事已面語戴君，渠甚願意，但云卓某經手之事，須彼此截清，方可着手。且現有大批紫銅賣買交涉，非戴君不能進行。此弟聞之其同鄉者也。此頌台安。弟葉德輝頓首。（〇七一・六十七）

四十

松崎柔甫同學兄鑒：

日間快談甚樂，湘中山菌野味極佳，家製式罋，謹以奉上爲槃餐之佐。罋面加油以防生膩，可以冷食。食時將油撥開取出，味不改也。不開封可以留至明年重九。此頌台安。德輝頓首。（〇七四・六十九）

四十一（1916年6月18日）

柔甫仁兄同學左右：

項城考終，黄陂繼位，就目前論國民愛國似高于墨西哥。據禄命之學，袁氏命運乃必死之運。今年又不吉之年，弟早已言之，可知中國此種學説極有效驗。又可知五行之説較西儒四物風、火、水、土。之説爲長。弟一生已自推定，數年必有一風波，然亦決無危險。戊午以後其運絶佳，有十五年順風揚帆之樂。蓋自今以後將如王湘綺之老滑頭于世界中，成一種熊希齡人物也。舍間一切知蒙照拂，感謝難名。鄉軍、客軍既已分隔爲營，從此永斷兵事。黄陂與湘督有師生關係，地位決不動摇。章太炎今已自由，喜出意外。此公倔强，更勝于鄙人。項城在位，決不令其南還。渠與黄陂感情既深，前年在京每與晤談，極稱頌其行事。中國人純以感情用事，所以軍有軍系，政有政系。此次段内閣乃有系之人，在官場多年，才極穩練，黄陂交歡，似易爲治也。

弟到上海一二次，一宿即回江蘇，在此搜訪家族中先祖輩事文。在上海訪繆小翁，已赴京。在蘇訪本家鞠裳編修，渠又往上海。終日無一人與談，只好遊山逛園，欲作一詩一聯，心緒極亂。此間天氣炎熱同於湖南。偶晤教育會中人，云經費極困苦，深羨湖南士氣之强，不知固弟一人之功也。大名鼎鼎之嵩山四友張謇亦不能爲地方造福，可知中國人負責任如弟者，若輩視之，直笑其不識時務而已。欲知真民意，弟乃真民意，餘皆官話耳，一笑。手此，敬頌撰安。小澤先生前並乞致意。

同學弟葉德輝頓首。丙辰夏正五月十八日。（〇七六・七十）

四十二（1916年6月30日）

柔甫仁兄同學左右：

奉讀賜書，祇悉一切。書籍得閣下籌畫，感謝莫名。到蘇已月餘，十日九雨，晴則蒸溽甚於湖南。在寓時時校書、箸書，卻未做詩，以無朋友引唱也。到此曾遊虎邱一次，童山曠野，遊客甚稀。玄妙觀在城市中，亦一破廟，僅有正殿。此二處皆明時唐伯虎遊春，清乾嘉時黄蕘圃買舊書處。今非昔比，我來時已三度滄桑矣。作詩不成，作楹帖亦不成，對此世局無可下筆耳。黎公正位，入手辦法步趨袁公，籠絡野心家欲其就範，此袁氏所未結局者，黎氏能有此本領乎？幸段内閣亦有世界眼光之人，以儒將兼政府，暫時可保北京秩序，其他則非鄙人所敢知矣。江南賴馮宣武之武力水陸肅清，比于四川、廣東則誠天上，比于湖南亦在百尺樓。然湯亦健者，湖南省城之人固無不感激者矣。此頌撰安。弟葉德輝頓首。丙辰夏正六月初一日。

（〇八七・七十七）

四十三（1916年7月11日）

柔甫仁兄同學左右：

前日奉書並述兒子尚農命令欲弟不入京入滬，誠可謂孝之至矣。特不解彼何以不聽弟之呈請，將書移城外或鄉間。連日以來，湘省變亂非常，不知是何景象。前此各省獨立，對于中央之教誡，必曰險象環生，此等險象究是何人演出，彼非不知也。今此推倒政府，對于中央之報告，必曰爲衆推舉，此等推舉出之何種人民，彼亦自笑也。共和譬如鼠疫，獨立即是傳染，此風一倡，此事一成，貴國不爲波及，弟不之信。今之大限亦慮及之乎？老黎同鄉握兵柄者僅一陳一湯。陳則見拒于川湘，湯則潛逃于漢口。戲文中皇帝自稱孤家寡人，黎氏當之，誠無愧矣。湯去年迫令紳商抵制日貨之事，今日似可于報紙發揮矣。

來書詢及禄命之學，此事入手亦頗爲難，其書通行者爲《命學津梁》，板本極劣，坊行書也。古書則有李虛中唐御史。《命書》、岳珂宋岳飛之孫。《珞琭子賦》二書，頗不易得。弟有之，一刻尋不見也。禄命不外五行生克伐也。之理，天干五行，甲乙、木。丙丁、火。戊己、土。庚辛、金。壬癸水。是也。地支五行，子、中包癸水。丑、中包癸水、辛金、己火[一]三種。寅、中包戊土、丙火、甲木三種。卯、中包乙木。辰、中包乙木、癸水、戊土三種。巳、中包庚金、丙火、戊土三種。午、中包己土、丁火二種。未、中包丁火、乙木、己土三種。申、中包戊土、壬水二

[一]『火』疑爲『土』之誤。

種。酉、中包辛金。戌、中包辛金、丁火、戊土三種。亥中包甲木、壬水二種。是也。又看冲合，冲如衝突，合如歡迎。如甲與己合，化土。丙與辛合，化水。戊與癸合，化火。乙與庚合，化金。丁與壬合。化木。此天干之合也。子與丑合，寅與亥合，卯與戌合，辰與酉合，巳與申合，午與未合，此地支之合也。子與午冲，丑與未冲，寅與申冲，卯與酉冲，辰與戌冲，巳與亥冲，此地支之冲也。甲乙木克戊己土，丙丁火克庚辛金，戊己土克壬癸水，壬癸水克丙丁火，庚辛金克甲乙木，此所謂克，即相刑害，亦猶之冲也。甲乙木生丙丁火，丙丁火生戊己土，戊己土生庚辛金，庚辛金生壬癸水，壬癸水生甲乙木，此所謂生，即相扶助，亦猶之合也。人生五年一運，所行之運如與生之月干支相冲害，則必死，即不死亦大不利，蓋純乎五行之氣爲之。然中國土地以黄河分南北，南人生火方，如命中多火，當以水克之則吉；北人生水方，如命中多水，當以土克之，其他妙奥尚須持書指示，非筆墨所能寫也。西人哲學只水、火、風、土四物，此印度佛學也，以物質言者也。中人哲學有水、木、火、土、金五行，此上古易學也，以理氣言者也。漢時許、鄭兩大儒皆知此種禄命之學。許于《説文解字》『包』下云『男年始寅，女年始申』，『男左行三十，女右行二十』，今人算命尚本其法。鄭玄本傳自云，今年歲在辰，明年歲在巳，吾不起矣。此必其禄命與辰、巳相冲害，故自知其必死也。然此等用法皆準太陰歷行之，若太陽歷則不效。貴國市肆中究竟有此等算命人否？中國則屬之瞽人專門。此事學之精亦大有趣味事，弟將來亦擬箸一書，使人易學也。

日本郵便局長通信處以天氣炎熱尚未往覓，此信即交僕人所投，非弟親往也。尚農久無信來，不知此旬日舍間書籍如何存放。觀今日時局，中央之對外全襲袁皇帝之舊文，特袁最後仍以武力解決，黎、段則未知其用心。上海遺老欲恢復清室，猶之唐紹儀、伍廷芳之恢復共和，皆係自己不敢登臺，而爲人拉絃索，都可謂知進知退知存知亡者矣。有信致易君吟村，請交舍間送去。湘中事乞詳以相告。陸爲湘粤兩省所推重，亦奇人哉。手此，敬頌撰安。弟葉德輝頓首。丙辰夏正六月十二日。

（〇八九・七十九）

四十四（1916年7月15日）

柔甫仁兄同學左右：

前日有書寄貴國郵局呈上左右，想已早邀台覽矣。舍間由湘寄來程潛討湯薌銘檄文，又將賤名列入，可笑之至。然壬子四月湖南軍事廳捕弟之人名爲唐蟒，實則程潛。今此二人在湘，省城決不能安静，不獨弟一人一家也。尚農不聽弟言，不肯將書籍寄上海，又未搬出怡園，弟總不放心。竊謂城内非城外商埠，此輩號爲文明，略知法律，苟非領事强權，恐非左右之力所能保護。尚農如聽弟命，第一搬上海，第二則于貴俱樂部左右佃一房屋安放，以便附屬于尊處，則于外交、法律均可對禦。黄陂雄略遠不如項城，目前敷衍應酬又不免有鄉黨之見。陳宧之督湖南，胡瑞霖之長閩省，皆爲見小之至，當日滇黔粤桂之認爲總統，爲推倒項城利用，其實各懷野心，非出于誠服也。在蘇見明刻《儀禮》，黄氏士禮居所刻，《周禮》即此三禮之一也。旅費不充不敢買，可笑！可恨！手此，敬請台安。湘事請詳告我，貴國兵船到否？弟葉德輝頓首。丙辰舊厤六月十六日。

（〇九五・八十五）

四十五（1916年7月17日）

柔甫仁兄同學左右：

前有函由貴國蘇州郵局寄上，計已早達記室矣。得尚農家書，言及湘省情形殊深危懼，《申報》所載當確有所訪聞。施文堯無故被戕，可見暴徒眼中惟有殺人流血一事耳。程潛、唐蟒皆癸丑發兵捕逮鄙人之人，其殘忍之心與湯薌銘無二。今見程潛討湯檄中以鄙人列于湯黨，可見此輩土匪只憑愛憎之私欲，不問事實之是非。劉人熙老耄昏庸，爲人利用。陸榮廷知湘事糜爛，故班師而回廣西，猶之蔡鍔見川事不佳乃堅請辭職，梁啓超覷粤事不利乃歸而治喪。湘人以拒北軍圖安，而不知反以土軍召亂。湯薌銘以獨立附和民黨而卒爲民黨所排，民黨以護國稱兵而卒以争都督相殘殺。螳螂捕蟬，黄雀在後，殺機伏後而人不知。二十年來閲世已深，覺佛家果報之説亦有至理。徐寶山、陳其美、宋教仁殺人實多，人亦從而殺之。陳宧、湯薌銘油滑取巧之人，吾知其必爲國人所共棄。黎氏用人行政惟知有同鄉，以胡瑞霖至惡劣之名，令其長閩省，此其用人一事即遠不如項城。鄙人非有老親在堂早已遠適異國矣。舍間書籍乞與尚農詳細開導。此輩殺人不通信，如湯薌銘之待郭人漳，彼時雖起交涉，而屋已搗毀，書已散完，惟有徒手浩歎而已。日清公司及貴國領事如有正式公文致湘政府便可不搬移，或如前議挂貴國海軍司令旗，而閣下來居亦甚妥善也。總宜搬運出城，或在俱樂部左右佃屋，如能寄上海更妥也。此時却做不到。此頌撰安。湘事乞詳告。同學弟葉德輝頓首。丙辰舊厤六月十八日。

（〇九七・八十七）

四十六（1916年7月22日）

松崎仁兄同學閣下：

連日見《申報》《時報》，湘省甚危，不知貴國有兵船在此否。舍間書籍前屬尚農租俱樂部左右房屋存放，若如報載兵統争立之事，則恐城中不免有兵火之虞矣。昨有函託易吟翁，請其飭尚農移鄉。此事重託閣下與易君，何者可以安全，即以何策爲善，弟庶可以放心也。弟亟欲將《六書古微》刻出，《書林清話》速刊以寄貴國學者，此種學問中國只弟一人。繆小老能言板本，而小學不能如弟年力之深，董大理、康。傅肅政增湘亦一時之言板本者，不如弟見古書三十年之多，自謂此兩種學問可以獨步一時，非吹牛皮也。久不得閣下書，念湘事夜不成寐。川、湘、粤三省糜爛不堪，陸榮廷不署湘亦不督粤，其亦知難而退乎？弟在蘇得二三族人搜求先世詩文，頗多逸聞佚事，將來刊出，亦東南文獻所關。貴國於宗族之學不甚講求，此文明中缺典也。西洋仍部落之俗，更不足以語此。手此，敬頌撰安。弟德輝頓首。丙辰中伏[一]。

（一〇〇・九十）

[一] 本年夏至與立秋之間有5個庚日，中伏應爲20天。本年中伏第一日爲7月22日，暫以此日作爲寫信日。

四十七（1916年8月8日）

柔甫仁兄同學閣下：

前寄来大作七絶一首，因中用沐猴字誤寫，茲特批出奉上。又弟近作十葉，寫奉斧政。弟詩與二王各爲一家，不相同也。《寄懷湘中諸子》二十六首，弟未留稿，祈令尚農抄出。弟擬秋涼回湘，程荃雖爲曾、朱、陶、望所共攻[一]，然仍在省城，恐有兵禍。請商之貴國領事，託一貴國名義正式行文湘政府保護鄙人，庶彼等不至有所侵犯，閣下能辦到否？譚延闓奉督湘之令，手中無一卒一兵，何能控馭軍隊？恐仍不免二三年之怪象也。上海喧傳陸有野心欲割據東南半壁，東南各將軍聯盟防之。梁任公現匿上海，以廣東危險又窺陸有不測之事。張倪招兵，江西、福建連防，此皆有深意。蘇州學界中人多可與談，居此二月，交遊漸多，均勸弟改歸本籍，大約改籍之後又將以我爲教育長乎？便中奉聞，共博一笑。手此，敬頌撰安。弟葉德輝頓首。小澤先生并乞致意。丙辰立秋日。

（一〇二・九十二）

四十八（1916年8月11日）

柔甫仁兄同學左右：

前日奉寄一函并詩稿十葉，次日接到手書，知湘事未甚糜爛，心爲之稍安。竹添井井六年未通信函，近賦悼亡，當修書致唁。命作詩相慰，已附致井井函中，別録一紙即存尊處。弟擬秋涼還湘，前函能行則更妥善。弟四十日未到上海。大局一刻似不能定。諸侯聯盟隱似割據，可危也。此頌台安。弟德輝頓首。丙辰立秋後三日。

（一〇四・九十四）

四十九（1916年11月28日）

柔甫仁兄同學左右：

昨日奉到手書，知拙著詩文前後皆邀台覽，甚慰。《大

[一]程荃疑爲程潛之誤。曾、朱、陶、望疑爲曾繼梧、朱澤黄、陶忠洵、望雲亭的簡稱。蒙國家圖書館古籍館同仁袁媛幫忙查考出此句中的人名，在此致謝。

藏經》，貴國明治時刻有巾箱本八千餘卷，上列宋、元、明、高麗四本字之異同，蓋此大藏全經有宋刻、明刻、元刻、高麗刻，是貴國已知之。有清一代雍、乾二帝皆通禪學，乾隆刻有《大藏經》，京師有經板庫胡同，即藏板處。外間名山大寺請有藏經，即此本也。唐人已有刻經，今燉煌縣鳴沙山石室所出殘編有唐時刻本，未詳時代。已印入《石室祕録》甲乙篇。五年前玻璃板。唐司空圖《一鳴集》九卷。中有爲東都敬愛寺講律，僧惠確化募雕刻律疏，其人在唐末，然僅此一種，想以前各經亦必多有刻本也。避諱之書現通行二種：一齊召南《歷代帝王年表》，後附《帝王廟謚年諱譜》，其書道光時有文選樓刻本，翻板亦多；《避諱録》五卷則湖南寧鄉黃本驥撰，舊書店中有買。在《三長物齋叢書》中。然均至道光而止，無咸同以下也。此頌撰安。以後賜書請載月日。弟葉德輝頓首。丙辰夏正十一月初四日。

（一〇五・九十五）

五十（1916年12月22日）

柔甫仁兄同學左右：

前日奉到手書并抄示《公報》一則，此乃黃陂忽然念及鄙人踪跡，不知鄙人往何處也。黃陂繼位之日，各處皆有賀電，獨一文一武無之。文者，鄙人；武者，張勳。本是一種出人意外之事。此電一傳，上海《新中華報》又罵起鄙人來。黃陂此舉，殊爲蛇足。鄙人有言，袁氏乃鐵錘總統，望之似圓，其實堅硬，不易手弄。黃陂乃皮毬總統，任人足踢，隨左右之人亦不必以手弄也。鄙人無用世之志，政府無用人之權。曹汝霖、熊希齡使貴國議員一反對便爾告終。鄙人不似王湘綺，豈能日日爲人向財政部討錢耶？白岩子雲來蘇相訪，鄙人亦隨至上海，晤有吉領事，太谷伯爵，岸田、田中兩先生。白岩招飲於貴國花園，大列女樂，而水野適由東來，歡聚旬餘。鄙人回蘇，白岩回國，水野去北京，雲散風流，又增一番感慨矣。有書與尚農，求交去。即頌撰安。弟葉德輝頓首。丙辰冬至夜。

（一〇七・九十七）

五十一（1917年1月26日）

柔甫仁兄同學左右：

今晨奉到手書，藉悉近狀。尚農來書并寄到《六書古微》刻本，其中尚有訛字、破體，不可不細校改正。此書全爲閣下問字而作，自覺高出于段、桂諸家。閣下閱鄙人此書而以孫星衍平津館仿宋本參校，方知許氏爲倉頡功臣，徐鉉爲許氏功臣，孫星衍又徐鉉功臣也。孫本亦有二三十訛字，皆由宋刻原本之訛，鄙人已校出，容遲抄寫寄上。

《清史》『儒林傳』已改名『儒學傳』，儒不成林，爲鄙人所詆，故改儒學。湘人入者甚稀。來書所舉船山、魏、鄒、羅、曾、郭、王諸人乃其巨擘。曾以事功見，羅以軍功顯，不應入于儒學。湘綺初故，葵園生存，均無列傳之例。湘人可入儒學者爲何道州，然不曾注經又不曾講學，恐只可入文苑。湘潭王山長岱、康熙舉鴻博。張陶園九鉞、武岡鄧彌之輔綸，皆文苑中人。如鄙人修史，亦不定在必收之列。心所許者，惟何耳。人不必藉史傳，而史必以人重。趙爾巽豈修史之人哉？不如看《三國演義》《水滸》《西厢》可以醒渴睡也。土匪鑄像譬如各衙門前石獅，不久即無人舉其姓氏，即幸而有數十年之福命，此亦如楚霸王之廟，魏忠賢之墳，終有人毁之、掘之，歸于銷滅也。

去冬蘇城嚴寒，冰凍十日不解。轉新年始和暖，據故老云爲二十年來未有之光景，且向來小雪到地即消，而去年乃大雪積寸，聞之湖南亦然，想天公爲我二人作此惡謔耶？湘省儒學無派，亦如革命黄興與蔡鍔不同，謂之亂而已矣。近作懷人詩四十餘首，閣下亦在内，後寄上。此頌撰安。弟葉德輝頓首。丁巳正月初四日。

（一〇九・九十九）

五十二（1917年3月7日）

柔甫仁兄同學閣下：

頃奉諭書，祇悉一是。前井井先生來書，閣下未有附信，知爲臨時漏封，偶爾笑談，不必討論矣。革命一次，鄙人即多作詩一卷；客遊一次，即多著書幾卷。文王憂患而衍《易》，屈原放逐而作《騷》，我思古人，更不可失此時會矣。近日作《釋人》一篇，非《釋人疏證》之比。自人之始生至於死而轉生以及不死成仙，皆於六書中考出，其他星命、醫術亦包括其中。尤奇者，西醫書之腦氣筋，男女之精蟲珠卵，無不有之。此時正謄稿，如能急刻附于拙箸《六書古微》之後固大佳，否則第二批印行時補入亦可。弟與易吟兄書云，弟之經學、小學通於神明，非獨湘中二王無此精奥之作，即起錢、段、桂、王於九京與弟坐談，恐亦不能不心服也。又作《孫刻〈説文解字〉書後》一篇，亦於字學大有關係。又作《釋笑字義》一篇，竹部末一字一篇。駁段注從犬之謬論，遲當寄呈大教。匆復，不具。并頌撰安。前寄懷人詩本五十首，有三首未抄，以刺湘紳某也。同學弟葉德輝頓首。丁巳夏正二月十四日。

（一一二·百二）

五十三（1917年4月4日）

柔甫仁兄同學大人閣下：

昨奉惠書，祗悉種切。東游之約本白岩、水野二君去年在上海所媾成，本約櫻花時往遊，今已過時，又當別作計畫，俟閣下來滬商問可也。弟久欲往貴國一行，因家母不欲弟遠遊，故絶無此等遊興。今因湘局危甚遠居江蘇，與東遊貴國無異，故樂得抽閒一往也。貴國尚有三種書未經人搜得者：一顧野王《玉篇》，在貴國一僧徒所著《篆隸萬象字源》中；一宋本《説文解字》，即孫氏刻本所出，本湖州陸氏皕宋樓所藏，今已售之貴國岩猗氏[一]；一晁氏《寶文堂書目》，當訪之島田翰，彼曾見之，此書撰自明人，中國《四庫》未收，只存目，言板本學問者如繆小翁皆未之見，此弟所欲借抄、借校者也。近日所寄回各書及補著《説文》各篇均在尚農處，當必見過。百年內文字、板本二種學問惟弟至精，自謂前無古人，後無來者，二王何能勝我耶？手覆，敬頌著安。蘇州亦無《説文》新出之書。弟葉德輝頓首。丁巳閏二月十三日。

（一一四·百四）

[一]「猗」疑爲「崎」之誤。

五十四（1917年4月19日）

柔甫仁兄同學左右：

日昨奉到諭書，驚悉竹添井井遊仙之訊，爲之悵然。井井先生近十五年内始訂神交，彼此均未謀面。因先生爲《左傳》之學，宗旨相同，故鼎革以前每歲必通一二回音訊。國變後得其一次賜函，至去年先生悼，鄙人爲作挽詩。今年得先生覆函并詩幅二，精神完固，孥力堅疆[一]，初不料數月之後得此惡耗。東方老宿同慨彫零，可傷也。繆藝風、沈乙盦兩處當代爲通知。藝風不工於詩，乙盦似有心疾，將來有挽詩與否不可知。若鄙人則無論如何必有數詩以代東芻之哭。鄙人往日作《貴國三君詠》，一竹添、一永井、一鹽谷，今存者惟鹽谷青山先生矣。佐籐膽齋彼此通函，尚未相見。附録近作一卷，中有壽康有爲詩及與袁克文唱和詩，此君亦可云廣交矣。章太炎爲黄興作壙銘，故鄙人之《六書古微》不願請其作序。太炎經學、小學誠不如鄙人，然海内可與談此事者亦正寥寥。吾道東矣，閣下得毋躍然乎？手覆，敬頌撰安。同學弟葉德輝頓首。

丁巳閏二月二十八日。

（一一六・百六）

五十五（1917年5月1日）

柔甫仁兄同學閣下：

前接井井老人訃音，曾有函復并寄呈《釋普字》一篇，想已閲過交尚農發刻。《六書古微》至此其義已盡。鄙人小學自謂勝于段、王、桂、鈕諸老先，閣下視拙著書當有衡鑑。章太炎不能貫徹文字源流，正坐爲段、王諸家書所囿耳。拙著如刻工早竣，閣下可帶多部回國分贈友人，恐刻工遲延未必如願也。佐藤膽齋兄通函鄙人有書報之約赴上海往訪，惟袁二太子始終不願與之相見，已將鄙意約略示于膽齋。况彼正被債户控訴，更不暇與人應酬矣。鄙人東遊之説，發自白岩、水野二君，原約看櫻花，因水野未與白岩接頭，無人伴送，故又展期爲避暑之遊，來往皆白岩送迎，水野作地主。此時水野出遊南

[一] 疆，疑爲『彊』之誤。

洋群島，須陽歷六月始歸，彼時偕行往東京，白岩巡閲長江公司亦恰於此時回國，而閣下亦因避暑而來，千里一堂，此樂真無極也。手復，敬頌撰安。同學弟葉德輝頓首拜。丁巳夏正三月十一日。

（一一八・百八）

五十六（1917年5月3日）

柔甫仁兄同學左右：

今日奉書，敬悉種種。白岩、水野約同遊貴國看櫻花，因水野作孫悟空不知去向，是以花時竟負佳期，後探知水野往南洋，于夏間回上海，此時白岩亦回日京，約定同伴偕行，不必再結他伴也。

《釋普》一篇已交尚農，大約可以補入，乞閣下面語尚農，將已刻者一面開印，一面補刻後再加入，以免耽擱時光。此書不獨貴國求者必多，即敝國亦必大行。蓋近來西洋各國皆精研東方文字，往時詆東方文字繁重不適于用者，今經文學博士精研博考，皆知東方文字冠于地球。彼于七十年前五口通商，但見我國所用楷書無頭無腦，貴國和文減省筆畫，不知兩國文字源出篆、籀、隸、草，與埃及、拉丁之末流同失之離散者相似。及至今日，西儒通中學者多，而後恍然大悟彼前輩所涉者之淺。又有博士專考《十三經》，而後知東方中日兩國軍國民主義與道德上之關係勝于新舊約之虛誕。故雖向日最信教之法國今皆進化，視宗教如贅疣。德國科學甲于地球，于宗教之造天地、日月、人物等荒渺之談自然不攻自破。即如貴國同文敝國已二千餘年，維新以來信教自由不過一種外交形勢，其實貴國此三四十年文學士所著書發明中國古學及西洋科學哲理者，幾于汗牛充棟，而言宗教者闃無其人，可見貴國人心之同，只可謂信教自由爲口頭禪，而自由信教爲根本法也。

拙著《六書古微》不獨剖析六書爲前人所未有，所含新理亦足供西儒之研求。《釋普》《釋人》二篇自謂空前絕後之作。《釋人》包涵中國數術、方技，西人科學、哲理。貴國素敬服之俞曲園、崇仰之章太炎，烏足當鄙人一毛髮耶？然此等著作蘊蓄於胸中者三十年，一旦因閣下之問字，遂傾筐倒篋而出之，則成鄙人千載之名者閣下也。閣下來湖南八年，光陰信非虛度，惜鄙人連年奔走，未得時時聚首一堂，斯爲恨事耳。井井老人挽詩尚未脱稿，以他事相擾，故未告成也。手此，敬頌撰安。弟葉德輝頓首。丁巳夏正三月十三日。

（一二〇·百十）

五十七（1917年5月11日）

柔甫仁兄左右：

疊奉瑶函，均已裁畣，知先後邀台鑒矣。竹添井井老人挽詩四律奉寄斧政，又寄懷閣下二首一并録呈。今年作詩無多，以爲人作應酬文字一時不能肅清。東遊後當掃除一切，專意著《説文解字故訓》一書，他皆謝絶也。此頌撰安。弟葉德輝頓首。丁巳夏正三月廿一日。

（一二四·百十四）

五十八（1917年5月22日）

柔甫仁兄同學左右：

前月寄上竹添井井老人挽詩四首又寄懷閣下二首，想已次第邀鑒矣。今日上午接到日麻五月初九日寓書，敬悉種種。東遊有白岩、水野作導師，以助乘風破浪之興，較之沈南蘋一輩人獨來獨往者殆有天人之别，惜台從不能偕行，是一恨已。湘省風聲唳鶴，時有詩。聞葵園匿居鄉間蓋即因此。湘綺新逝，吾道日孤，四郊多壘之時，豈吾輩所能託足？正不獨閣下鬱鬱久居此也。

道薌俗僧篆刻亦惡劣，弟二十餘年相識之人未見其佳處。中國和尚趨勢利、講聲氣，與貴國和尚無異。湘綺最好與此輩遊，殆亦一種習氣，弟不爾也。加藤[一]膽齋有書來并録近作見示，已有書畣之，但彼此未相見。近作與康有爲、袁克文相酬應，樂善堂主人頗非之，殆猶有岸吟香[二]老輩守舊之風

[一]『加藤』疑即『佐藤』之誤。

[二]『岸』後疑漏書『田』字，所指爲岸田吟香。

歟。金甸翁三年未見，近不知其踪跡，大約問瞿相國必知之。然弟亦未見瞿相也。

《六書古微》尋文字之根源，括世界之新理，以《釋普》《釋人》二篇爲極精極博，二王不能爲，即乾嘉諸老如段、桂、錢、王亦不能爲。孫宗弼及左念康、劉肇隅三序跋亦佳，蓋不愧吾徒也。《書林清話》之言板本惟繆小翁可與談，亦弟精心結撰之書。『揭來』猶『去來』，唐人詩時用之，亦俄傾之意耳。此頌撰安。弟葉德輝頓首。丁巳夏正四月初二日。

（一二五・百十五）

五十九（1917年5月26日）

柔甫仁兄同學左右：

今日奉讀五月十九日寓書，知寄懷閣下七律二章并井井老人挽詩七律四章已邀台覽。我輩文字之好、朋友之樂，苟非政府爭競，豈非佛說所謂極樂世界乎？乃一波未平一波又起，湘省排日之舉動又將發行。此次無弟在湘，恐不能兩無傷損也。貴友田村剛、簡野道明來蘇，如過訪必相迎，惟不可以陳白嚴相例。弟在湘省尚不願與二王相東西，上海江湖詩人何堪與之爲伍耶？閣下知己當爲我一脱黨籍也。

承問中國繡刺緣起，向無專書。惟《虞書》云『黼黻絺繡』，鄭玄注『畫者爲繪，刺者爲繡』，《詩・終南》『黻衣繡裳』，《毛傳》『五色備謂之繡』，此中國女繡之見于經典者。其餘漢魏以後閨閣之詩、小説所記如《鍼絶》三國孫權趙夫人事，見《拾遺記》。《鍼神》之類，三國魏文帝美人薛靈芸事，亦見《拾遺記》。不可縷述，如有人彙而録之以成一書，亦大觀也。手此，敬頌撰安。弟葉德輝頓首。丁巳四月初六日。

（一二八・百十八）

六十（1917年6月6日）

柔甫仁兄同學左右：

前休沐日簡野道明先生持閣下介紹書來蘇，適弟往上海，旋蘇寓居停主人將書寄來，始知相左，悵恨無似。見樂善主人岸田先生，詢問簡野住上海何處，岸田以電話向各日本旅館通問，均無其人。大約簡野踪跡尚未至上海也。閣下與簡野通問時，乞代爲達意。又在岸田先生處見閣下開目訪《説文》諸書，此皆弟《觀古堂書目》中所載，此等書皆不易見諸書市，然亦無甚要者。弟屬岸田先生將原目抄録一分寄蘇，以便間中代爲購致。中有三四種，蘇州書市中似尚有之，岸田先生處所無也。《説文解字》之學至乾嘉諸儒始光大之，然如弟之貫徹古今實無一人令弟佩服者。此次《六書古微》之成發端於閣下之問難，而得發揮三十年心中積思，則受閣下之賜不尠也。孫、左、劉三人跋亦絶佳。手此，敬頌撰安。同學弟葉德輝頓首。丁巳四月十七日，即新厤六月六日也。　（一三〇・百二十）

六十一（1917年6月20日）

柔甫仁兄同學左右：

今午奉到六月十五日寓書，藉悉起居勝常，至以爲慰。簡野、田村二君來蘇相訪，簡野相左而田村得見，一面之緣殆亦有數定耶？白岩已來上海，兩次通函，因陰雨連晨，未克赴上海之約。聞其於端午後有漢口之行，或取道長沙，亦未可定。水野和尚近不知雲遊何方，此貴國僧家之孫悟空，一筋斗可行十萬八千里，此等人在世間真可謂神行太保矣。

垂詢《説文》諸書，此間比上海偶然可見，必當留心。然函致岸田先生，屬其將閣下訪書之目抄録一分寄蘇，久不回信，未知何故。閣下在湘遊學，得此絶學回國，庶不負此行。蓋字學貴國本隔一牆，敝國此時亦無人專門考究，即二王先生爲文學巨子，於此等學問終屬旁門。他處如二王者更少見，豈非東方絶學乎？來書似有羈旅之感，不知何所感觸而言。以弟揣之，湘中耆舊凋零，湘綺去世，葵園居鄉，弟又久不還里，閣下離群索居，故爾勿勿不樂耳，然乎？否乎？吾輩以天地爲逆旅，以著述爲子孫，但使學問有成，九州四海皆我文字之所流行，即我靈魂之所栖止。禹入裸國而同裸，固猶形迹未化也。歐亞紛擾，所謂争利權者皆所以争飯碗。假如地球上皆如我輩人作信天翁，則干戈可以永息，天下可以太平。閣下謂憂世之人少，弟則謂憂世之人多，如不憂世則忘世矣，豈不兩無所爭哉！此頌台安。弟葉德輝頓首。夏正五月初二日。

（一三二·百二十二）

六十二（1917年7月13日）

柔甫仁兄同學閣下：

久未奉書，時以爲念。尚農來書轉述尊命，極感復辟之事胚胎於袁皇帝故後，一次會議於彰德，二次、三次、四次會議于徐州。天津擁兵各督軍凡屬北洋系之人皆已畫諾。惟段始終含胡，此熊希齡電阻各省不可復辟之文所由來，熊固知其内情也。張勳鹵莽不足與謀，不過北洋系各督軍利用之，使打頭仗以覘風色耳。風色好則大衆揚帆而前，不失王侯富貴；風色不好則大衆轉舵，仍歸原位，使張勳一人爲罪魁。張勳近日兩電已和盤托出，民黨如汪精衛、章太炎皆極攻馮國璋，正以此中秘密馮與陸榮廷皆與聞也。不然瞿中堂、沈乙庵、勞玉初以及雷陸軍、梁外交皆一派老官僚，豈輕于一發者。昨日新聞報論此事將來結果極透澈、極精微。總之，此數十年去一項城，化出千萬項城，即北洋系是也。去一張勳，必添出無數張勳。不知何時天生聖人，統一中夏也。

至于國體，君主、民主之消長，全恃此次歐戰爲轉移。德勝，則全球必趨于君主之一途，而德爲之執牛耳；法勝，則全球必趨于民主之一體，而法爲之主龍頭。今日中國之變由于美法兩國所潛移，而俄國之變由于中國之感化。若全球易體，恐貴國亦孤立無援，從此民與民争，終無干戈寧息之日矣。中國近二三十年皆是賣友貪功、殺人肥己之世界。項城賣清室，馮、段又賣項城，今日北洋系賣張勳，他日則賣本系。亂根已伏，近則半年一變，遠則一二年一變，求如項城之多數年安静不可得也。

弟在上海只與繆小翁一人往來，左孝同亦往來。其他遺老皆未見一面。惟復辟之謀亦有人告知，弟言種族問題固是一種障碍，即令成爲事實，則宣統虚位，不過一傀儡之黎元洪而已。遺老皆不以弟言爲然，其毅然決然必欲速行者，則康有爲、梁鼎芬耳。

此一二月内尚有新聞出現，閣下試拭目俟之。白岩子雲在上海，二十日未通信。中原多故，弟亦難作遠遊。貴國之行恐不果矣。杭州有阮刻石鼓全分，尚是阮元舊石，如印出即奉贈。先此奉告。此頌台安。弟德輝頓首。夏正五月二十五日。

（〇八三・七十三）

六十三（1917年7月26日）

柔甫仁兄同學閣下：

頃奉寓書，祗悉種切。東游暫作罷論者：一因天暑，畏途中炎熱；一因水野梅曉往南洋群島未歸，同伴無人。決計明年櫻花時節一行，庶不負此海王花耳。閣下還珂道過上海，此時當可聚首連句。鄙人之意總以集合一文社，盡以平生之學共之貴國人。用武時代終抱此虚願，奈何！奈何！此頌大安。弟葉德輝頓首。夏正丁巳六月初八日。

李、何諸人仕貫，別紙呈覽。高邕不知其詳。

李瑞清字梅庵，江西臨川人。光緒癸巳科舉人，甲午進士，翰林院庶吉士，改道員，分發江蘇。宣統辛亥署江寧布政使司，兵亂棄職逃走。

何維樸字詩孫，湖南道州人，何紹基之孫。同治甲子科副貢，捐中書，改道員，分發江蘇。久居上海，賣畫自給。

鄭孝胥字蘇龕，福建侯官人。光緒壬午科舉人，捐道員。辛亥授湖南布政使司，亂前入京議官制，未及於亂。

吴昌碩字倉石，浙江人。江蘇候補知縣，亂後隱上海。

熊希齡字秉三，湖南鳳凰廳人。光緒辛卯科舉人，壬辰科進士，告殿，甲午補殿試，選庶吉士，戊戌以康有爲案革職。後開復原官，捐道員，補奉天鹽運使司。辛亥亂起，逃至上海，前兩廣總督袁樹勛領銜，希齡、楊文鼎等聯名電請遜位。

吴嘉瑞字雁舟，湖南長沙人。光緒丙子科舉人，己丑科進士，選翰林院庶吉士，授編修，改道員，補雲南迤東道。辛亥棄職逃歸。

（一三五・百二十五）

六十四（1917年9月15日）

柔甫仁兄大人閣下：

今日還蘇取字畫，途中冒雨，稍有不適，伏案作七律三首奉送。行軺居停一日赴滬，想登舟必在晚間，必能握手再談。弟歸期無定，十一月十六日爲家母八十生辰，擬求茚山之尊公青山先生撰一壽文，想在通家必不見卻。青山先生東方泰斗，得文表揚，榮于華衮矣。見時先致拳拳，屆時當草具事略并函乞也。此頌撰安。同學弟德輝頓首。丁巳七月小盡。

（一三七・百廿七）

六十五（1917年10月17日）

柔甫仁兄同學左右：

台從返珂後，曾奉手書，旋即裁荅，當已早邀鑒閲矣。湘省雖有戰事，以城垣已毁，決不至有争城據險之憂。今日誰爲主客，誰爲正僞，鄙人不得而定之。不過此去彼來，官銀行多發出千萬紙幣已耳。世局之可笑，未有如今日者。家母八旬壽辰，求青山先生作一壽序。印有事略，寄上四本，即希收入，以二本并信轉寄青山先生及其令子茚山。惜永井、竹添諸老已歸道山，不能得其一詩垂示來禩，猶幸青山翁健在，又爲壽考多男之人，以之撰文，雅與題稱。弟遭時多故，不能逢迎冠蓋爲世俗舞綵之常。得海内外文士詩人播之鴻篇，似勝于各要人以賄賂污其親及污其身，有雲泥之别。閣下聞之又將以弟爲罵人語乎？手此，敬請著安。同學弟葉德輝頓首。丁巳夏正九月初二日。

（一三八・百廿八）

六十六（1917年11月1日）

柔甫仁兄同學左右：

今日來上海，正接閣下陽麻十月廿三日來信，知家慈壽啓四本已收并轉交青山先生父子二本。此啓因郵封時未印出多本，故只寄四分，今再寄上十本，如遇友人或弟相識之人，請分送求一詩，將來刻之家集以見交遊之廣，是故揚親之道也。夫人能偕至湘中，閣下遊學、通報皆有室家料理内政，則一意治學不至分心。此十年有『中日親善』四字大招牌，商標。決不至有分馳之事。况歐戰以後，中日兩國迫之不得不攜手同行，此又可以預斷者也。信中云内藤先生到湘，惜不相值。如日内到滬，當向領事署探詢之。貴國文學之士每來蘇州必託蘇州領事介紹來見，可見貴國人士傾愛鄙人之誠，愧竊虚聲不能爲他山之助耳。

湘省戰事有粤桂爲之後援，一時恐難平靖。今日誰爲政府，誰爲亂逆，鄙人亦看不分明。此六朝五代大亂之時，其稍文明者只搶錢少殺人耳。俄國尤可笑。閣下生于日本，真三生之幸矣。此頌撰安。弟葉德輝頓首。丁巳中厤九月十七日。

（一四〇·百三十）

六十七（1917年11月15日）

柔甫仁兄大人閣下：

前月在滬不及暢談，至爲悵恨。台從返國後於九月廿二號寄來一函，誦悉起居勝常、閤府清泰。夫人雖有小恙，不久必調養就全。閣下學成而歸名山，自有千秋之業。世間功名富貴皆如過眼雲煙，家貧非苦境乃樂境。今日歐戰紛擾，敝國群盜如毛，所争者即富。若人人安貧，地球長此太平矣。閣下聞之，得毋囅然乎？

《六書古微》近日校出訛脱之處極多，正在校改。當時謄寫清本乃從子金生爲之，謄寫畢未遑親校，怱急付刊，刊後又因索書者多，以致印行未及更正。然議論通達，能使治小學有門徑者神智開明，故偶有訛脱，讀者心知其意可也。他日當請雷民初或許季純、王運長手寫付刊，改成大本，以便傳之千古及歐西各國。則此初刻印行不多，尚不至貽誤來學也。

報載湘省與粤桂之事，不知真僞如何，但長沙無城垣則非戰守要塞，不過土匪、暴民、惡政府互相來去，決不至如四川有險可憑，反易糜爛也。此頌撰安。同學弟葉德輝頓首。丁巳十月初一日。

（一四二·百卅二）

六十八（1917年11月29日）

柔甫仁兄同學閣下：

本欲致書左右，因聞返湘在即，恐致浮沉。頃奉十一月廿二日諭書，始悉夫人病尚未全，閣下因之留滯。人生行止本不能自由，即弟亦擬冬月南歸，不料又逢兵亂。湘省頻年劫運，舍間屢次驚惶，兒輩不聽弟言將書移回上海、蘇州，至無政府之時，弟亦别無辦法，以後只得聽之天命，城存與存，城亡與亡。貴國長沙領事似已易人，然據尚農來函，云有駐湘武員木村君保護。弟每次家信言此乃尚農兄弟子孫産業，弟既交付，決不與聞。閣下關切之深，亦無不心感也。凡國家威信即人民治安，無論何種國體，柄魁一失，亂即如麻，國民亦無所謂程度，無君主賢相總持于上，則强食弱肉大抵相同。觀于近日俄國亂象，何曾白人勝于黄人？所願貴國士大夫鑒于中俄之覆轍，毋學西洋政黨之弊動摇本根，庶東方留一部清涼世界。孔子曰：『君子矜而不争，群而不黨。』豈非聖人燭照萬世之言乎？此頌撰安。同學弟葉德輝頓首。丁巳夏正十月望日。

（一四四・百卅五）

六十九（1917年12月24日）

柔甫仁兄同學左右：

今日接到日麻十二月初七日手書，敬悉一切。湘亂之後，舍間藏書幸託福庇得以無恙。當事急時尚農有書來告急，弟知長沙屢經變亂，均皆幸免，必不至十分糜爛。現在土匪皆衣冠變幻，所欲得者墨西哥。弟家除藏書一無所有，若輩何所覬覦耶？駐湘武員貴國木村先生于尚農輩極有交誼，此次湘省無政府時代，木村即來舍間，家母乃移居金綫巷貴國俱樂部，事定各還故居。弟本擬今冬回湘一行，因此又展緩。家母生日亦不能稱觴。中原無主，盗賊横行，今日全球皆爲武人勢力所佔，俄國自昔號爲强國，乃一敗塗地，人民無辜被害者較之中國辛亥之變尤多。可見國體無論專制、共和，政府無靈，便如死尸滿地矣。貴國政府其亦有所儆戒乎？

大作各詩容冬餘校改。此數日尚在上海，一休沐期内即回蘇州。内籐湖南來蘇至敝寓相訪，適值弟出門未得相見。内籐留下影抄本《古尚書》一本，弟追信至上海，託日清公司轉交道謝。長沙所刻《書林清話》尚農並未寄書來蘇，是否刷印、發售，弟無所知之。弟揣此時湘亂甫平，必無暇爲此，或者書目先印出，先定價耳。夫人貴恙當必全愈，此時雖在醫治，想是餘病，未必緊要也。今冬台從是否可以到湘，便中乞示知。家母求青山先生壽文不知撰就否？乞向茚山一探問之。此頌撰安。弟葉德輝頓首。丁巳日麻十二月廿四日。

（一四八・百卅九）

七十（1918年1月28日）

柔甫仁兄同學左右：

久未通緘，積思無已。湘中亂猶未已，不知何日能歸。蘇州幸是祖庭，松楸白雲，歲時瞻拜，具區萬頃，亦足移情。雖無西子扁舟，卻有龍威秘洞，致足樂也。尚農來書云葵園老人于丁巳夏正十一月廿六日捐賓客，聞音哀悼，不覺爲之泣然。弟鄉居三十年，與此老共事講學者二十餘年，門户異同時有爭論，而數承涵蓋，相與樂成，知己平生，海内盡矣。湘人向以王、葉並稱，湘潭之王去歲騎箕，長沙之王先後作古，弟雖頑健，孤弦不鳴，且箸書里籍已削去長沙，從此衡嶽洞庭，未足斷斷于洙泗也。近作挽此老七律八[一]首，皆此二十餘年彼此經遇之事，又一挽章，均録呈鑒定。前此寄來大作詩稿，以文書堆積，未暇一讀，今已箋定，一并上呈。何時去湘當有計畫。夫人病當全愈，甚念！甚念！馮國璋又逃，可笑之至。此頌撰安。弟葉德輝頓首。丁巳夏正十二月十六日。

（一四六・百卅七）

[一]原信此字塗抹不清。《葉德輝詩集》（華東師範大學出版社，2010年）收録《還吳集丁巳》，中有《挽王葵園閣學太夫子》七律八首，整理者據以判斷此字爲『八』。

七十一（1918年2月15日）

柔甫仁兄同學左右：

昨奉日麻二月初九惠書，知前達一函并大箸詩稿均已收覽。弟在外兩載，本擬于去冬歸省高堂，適因湘亂再生，遽爾中止。此時南北互誇勝利，究竟不知結果如何。群龍無首，戰血玄黃，至今日乃知袁氏不失爲曹孟德一流人。黎、馮真公孫瓚、劉表耳。中麻二月將同族人去浙江之湖州弁山祭掃先祖石林公墳塋，此時貴國櫻花正開，又不能如期而至。當是弟與此花無緣，遥望蓬瀛徒呼負之。葵園去世，其夫人甚强能，嗣君雖僅數齡，當不至爲人欺侮。惟未成之《後漢書補注》《唐書注》一時未繕清稿，恐其家人未必能繼續刻成，是可惜也。屬代作挽聯，兹已擬就，別紙呈政。尚農來書，《疏香閣遺録》先二十五世祖姑葉小鸞仙蹟遺事。及《書林清話》已刻成，不日可以印行。此則弟福命勝于葵園處，老境或不至寂莫也。元旦成詩四首，并以録呈。此頌撰安。鹽谷、長尾兩先生詩文當可快覩，容後函謝。同學弟葉德輝頓首。戊午新正初五日。

（一五一・百四十二）

七十二（1918年5月7日）

柔甫仁兄同學左右：

久不奉書，正擬問訊，適奉來札，快慰奚如。長沙大亂，搶劫一空。幸舍間保全得以無恙，然此天幸非人力也。書籍、書板尚農屢次支展，不允移運上海、蘇州。自丙辰以後又受三次驚慌，弟有家信告之，此後並不過問，成毁存亡之數皆付之于天。每到無政府，外人生命財産且自顧不了，何能及人？自古亂世圖書未有不遭劫者，弟亦從此作達觀矣。瞿止盦相國去世，湘中耆舊凋零盡矣。土匪爲湖南土産，近日價值低落，與礦砂相同。天下無君即無政府，此中國六朝五代之世，亦貴國南北分裂之時，不知何時得有安寧之日。瞿氏在政府祖庇新學，斷送清室一半，非慶、袁二人之力所能辦到，客死海上不可謂之榮哀。屬定挽聯，稍緩可以報命。弟作《觀畫百詠》，亦博雅，亦精深，蓋合考據、賞鑒爲一事，不僅詩之工也。已交尚農付刊，但一時不能出板耳。此頌撰安。弟葉德輝頓首。戊午三月廿七日。

（一五七·百四十四）

七十三（1918年6月6日）

柔甫仁兄同學左右：

旬日未奉書，不知夫人病已痊否？甚念！甚念！湘事北軍雖勝，大局仍然不穩。蓋南軍皆窮寇，一日無戰事，一日無飯吃；北軍皆富翁，一日有戰事，一日不安寢。居間者商民、農民、船户三等人，受苦尤甚，無可説也。書籍、書板交與尚農，弟亦不復過問，此後成毀聽天由命，只算我生無此物而已。三月中旬從子礪甫閣下謂之爲礪齋者。來蘇，挾有字畫多件，大半真而且精，擬偕其舅氏同遊貴國，并以所藏字畫售之貴國鑒賞家。但貴國匯水較之上海洋銀只有七折，弟欲力阻其行，未免掃興，不知閣下交遊中有收藏家可以介紹否？蓋計算匯水乃古董客交易之事，白岩往年例于此时來中國，故無信通知，恐其不值也。若收藏家必不吝此小算，閣下必深悉此中情狀也。如承指示，礪甫始得南針，弟物亦可附帶數件存之貴國，不至有兵燹之厄也。此頌撰安。同學弟葉德輝頓首。戊午四月廿八日，日歷六月六日。

（一五九·百四十六）

七十四[一]

柔甫仁兄同學左右：

前日奉到手書并爲礪甫介紹各書，一一收檢。礪甫現往北京，如十分天暑，暫不能來貴國也。止盦相國如此了局，世兄又不能振起書香，亦與王湘綺、王葵園之無子相似，則吾家子弟能讀書，能刻書，固可喜也。文學傳家本是難事，中國惟敝族在蘇州者爲文學之族，世有著作爲人傳誦，不僅科甲富貴也。弟箸《書林清話》板在永州，幾遭兵火，幸刻店見機甚早，已運往永州鄉間，不當炮火地位。然板雖在，印書則無期

[一] 此通言礪甫現往北京。第七十五通言礪甫往北京已半月。

東遊或者鄙人偕行，則大快也。紅崖碑乃貴州、湖南交界之區山崖所磨泐之字，湖南鄒漢勛有釋文。鄒有遺書，弟處有之。究是臆揣，未必真確。大約此等文字乃上古蠻荒文法，鄒以爲殷高宗伐鬼方之紀功碑，殊爲妄語。

孫詒讓乃金石家，所著書言字學者皆釋鐘鼎彝器文字，爲薛尚功鐘鼎彝器款識一派。近代阮文達、元。朱爲弼、吴雲、吴大澂皆其徒，非許氏之學也。

《易經》，伏羲、文王、周公、孔子之書，廣大精微，漢儒猶不能窺其全體，《皇清經解》中各種，不過發明漢學，並不能得古聖之心傳。弟於此書但專考其陰陽消長以爲星命卜筮之用，嘗用其數以推星命，頗有得于心。往年推袁氏於丙辰年必死，其後果然，此閣下所耳聞者。今又得段祺瑞之星命，如果星命有準，此人明年必倒，甚且有身死之患，但不知所傳生年月日無誤否。據友人以其命理見示，乃乙丑、同治四年。己卯、二月。乙亥、初九日。癸未未時。八字，明年行西運，木被金戫，恐有性命之傷也。閣下欲問易學，自古儒者所傳不同，故也。先二十五代祖姑《疏香閣遺録》已印出，尚農必寄一分交閣下。此書極有趣味，神仙之事必託文章以傳。其中題詠之詩過百家，殊可觀也。長沙屢經兵亂，市井蕭條，舉國皆兵幾與德國比譽，惜乎皆盗賊。君主時代時聞官兵剿匪，今日則官匪剿百姓耳。弟暫時不回湘。夫人是何病恙，何以日久不愈？甚念！甚念！手此，敬頌撰安。弟葉德輝頓首。

（一六四・百五十一）

七十五（1918年7月5日）

柔甫仁兄同學執事：

頃奉惠書，祇悉近况。夫人肺病在中國醫書無診治之良方，西醫于此等病狀亦甚束手。修養家有習静之法，終日吐納，不問世事。此責之男子猶不可，女人本事操作，安有此閒日工夫？此病蘇人尤多，因肺中黴菌滋生之故。黴菌，中國舊醫書之癆蟲也。

礪甫從子近往北京已半月，尊處介紹書已交其內人。如彼今人通行程宋程子。傳、朱即朱子。本義，以其淺近也。雖然，此書較《説文》尤難，恐不易學也。手復，敬頌撰安。弟葉德輝頓首。戊午五月廿七日。

（一六一·百四十八）

七十六（1918年8月17日）

柔甫仁兄同學左右：

久不奉書，時深馳念。夫人貴恙近日想已安痊。從子礪甫本欲東遊，因聞貴國貧民鬧米之風，恐書畫難于售賣，往來旅用不敷，是以遲遲。吾行恐從此又作畫餅矣。貴國維新以來工業發達，遂至國富而民貧，西洋經濟家近來亦頗悟此中利害。蓋工廠操之于富商大賈，以千萬人之苦力供十百富民之肥私，此豪强兼并之風，中國三代聖君及孔孟聖賢皆深防其害，不料西人轉以此爲强國之計。國强而民弱，人心積不能平，于是均産大同之説起。德國以農立國，近來工商奮起，追駕英美諸邦，其二三哲學家亦曾有失其本業之慮，可見我中國古聖君聖人之先見，並非儒生迂談也。此次歐戰所爭者工商消場，何有深仇積恨？爭至結果無非將蘇彝士河、西伯利亞兩水陸通中國之路權分于德人手中而已。而此四年以内之生命財産已不知破耗多少，況猶未有已時耶？夫國之本在民，民之本在農，假使各國同安于農業，則衣食足而禮義興，地球上豈不同享太平之福？乃政府終日爲富商作傀儡，平日視國民如漁獵之物，戰時使國民供鋒刃之餐，海戰勝而潛艇出而制之，砲臺固而飛機得而擾之，使其用一利器而人不能禦，猶可雄視五洲，無如機械相乘終無了局，則何如不用此毒物，彼此相安無事乎？則何如各務農業不爲商人作傀儡乎？世界人人共明此理，則兵禍可以弭矣。弟迂遠之談近于佛老，他日必有哲學大儒由吾言而擴充之以成一種學説，以存萬世公道，閣下幸勿以爲非也。

弟近日居蘇，仍不敢回湘，此等政府令人見之必有評論，評論之結局又演一湯薌銘捉人之笑話，是誠可以不必矣。去年著書兩種已刻成，正在刷印，閣下可信致尚農取之。近日擬箸一書，名《秦漢印例考》，正在下筆，此亦弟一種小學，即

《説文》序中所謂繆篆是也。此種小學亦大難，前人偶有著書言之，不精亦不盡，弟若不爲，無人爲之矣。近作《秦漢璽印》七古一首，録稿奉上。此頌撰安。弟德輝頓首。夏正戊午七月十一日。

（一六六・百五十三）

七十七（1918年8月25日）

柔甫仁兄同學左右：

久不得左右書，思念之至。數日前奉寄近作《秦漢鉨印》七古一首并襍論中外時事，此時想已達覽矣。礪甫從子去北京一月始回蘇州，頃又因訟事無大反覆，當可取消。復起回湘，來東恐不能踐約。貴國鬧米之事刻已弭平，庚戌湖南省亂亦如此。閣下猶記其恍惚否？貧民困苦由于趨工業而棄農田，日獲之資不敷一家之口食，將來地球各國内亂均在于此，不獨美國。均産之學説徒止託之空談也。

拙著《觀畫絶句》力主北宗，此乃復古之談。其實北宗工夫學問皆近考據，所以北宋初董巨、二米遂開南宗一派。然董巨有時工細，不盡以大寫爲家常。至二米恃其天資，信筆揮洒，而北宗之法蕩然不復留，殆此南宗之功者即北宗之罪魁，至于今日北宗絶矣。人情厭常喜新、避難就易，此南宗所以大行而北宗因之絶響之故也。此事非多見六朝唐宋人畫蹟不能得其精微。弟用功三十年，看畫逾萬件，非獨二王不能得其一二，即上海繆、沈亦未有弟過目之多也。

至字之北碑、南帖，即草隸二體之源頭。草書起于漢章帝，隸書於秦獄吏程邈。草本含有隸體，故亦謂之草隸，今之行書是其支流也。隸書一變而爲北魏碑，再變而爲唐楷，今之正書是其子孫也。草書以晋王羲之、《蘭亭序》。王獻之《洛神十三行》。父子爲聖手。貴國和文字母即從此等書出也。隸書以現存之漢碑拓本爲工，以蔡邕石經爲全美。楷書則唐之歐陽詢、歐陽通父子，虞世南，褚遂良，薛稷，柳公權，李邕，顔真卿爲聖手。宋之蘇軾、黄魯直、蔡京、蔡襄、米芾，元之趙[一]孟頫各家爲大宗。

[一] 以下一百八十四字（不含標點），原札序號誤標爲『百六十一』，當與原序號『百六十』互乙。

自此以後皆不能出諸人之範圍，如明之董其昌，清之張照、劉墉、成親王、嘉慶之弟。翁方綱、王文治、梁同書、何紹基、錢澧，雖各重一時，要不能於古人外別樹一幟。此事亦可著一書。前如包世臣《藝舟雙楫》，雖有論撰，未能洽于人心，所以其書不甚顯著。至康有爲《廣藝舟雙楫》，重儓奴僕，又不足道矣。羅叔言講求殷墟文字，此與晋之汲冢科斗書一類，後世或存而不廢，欲倡此學成爲一派，斷乎不能。蓋小學文字以《説文解字》爲正宗，訓詁以《爾雅》爲近正，此江河不廢之物，雖宋元以來考求鐘鼎彝器者無慮數十家皆不能奪之，况新出土不完不備之殷器？如出土人人共見，則今日有出明日無出，不免千載含疑。如出土非人人共見，更誰信之？鄙人著《六書古微》尚不用鐘鼎彝器文字，殷墟殘破之字而欲後人信從，恐勢有不能也。

貴國自三國六朝以來與敝國同文同種，從前文治足比中唐，維新以前即一商人其字體皆有唐人筆意，草書則多似閣帖，即晋人草書。中國士大夫之所不能。自歐化侵入以來，文字、文章古法蕩盡，若小學文字則誤于鐘鼎彝器之書，蓋中國《説文解字》之學發明本不過百餘年，自乾隆中年始。前此一千餘年亦茫無頭緒，則無怪貴國爲此學者之更遲也。弟每欲將《説文解字》及南北曲二種學問傳之貴國人，然曲學以風俗言語不同，恐難傳入。惟《説文解字》可以紙墨代書，閣下盡得其傳即可傳遍貴國。苦于弟與閣下一别又將三年，負此時光，實爲可惜。鹽谷节山曲學猶未得皮毛，何論堂奥？則以從學日淺，無怪其然。鄒叔子遺書《紅崖碑釋文》，此不過形式上一種釋文，與楊慎之《釋岣嶁碑》何異？此種碑刻不敢謂之僞而亦不敢武斷其爲何文，存之世界以追想上古之文明，似亦不爲贅物。即汲冢竹書、殷墟龜刻，亦當以此例推之。生乎數千年以後，妄揣數千年以上之文，文字屢變，屢離其形。古書自六經爲三代之文，餘又無他書可證，憑空幻想，弟所不爲。閣下幸勿誤用其精神，是爲至要。

書畫碑帖是否不受匯水損失，乞詳示知，以便轉告礪甫，不然不敢東行也。此頌撰安。弟葉德輝頓首。戊午七月十九日。

再[一]，書此信時炎暑逼人，筆禿墨澀，書不成字，惟所論字畫碑帖之事原原本本，可以開悟後學，俾人人不入于歧途。貴國報章可登即登之，如不能登乞録一稿相還，以便存稿。閣下夫人是否全愈？何日可往長沙？

再，貴國人向尚農索弟書對聯字條，昨日應酬一天，不勝煩惱，以後非至好實不能應酬。擬刻一潤筆取資，藉以省事，何如？敢以商之閣下。至中國人來求，則仍不書也。書雖不工，或可爲王闓運第二乎？

近日，友人吴俊卿書畫均極粗劣而貴國人以重價購之，此可見貴國崇向南宗之心，不尚細密而尚粗疏。中國人則求何詩孫者多，求吴俊卿者少。其實何詩孫學王麓臺，亦南宗之一支，不過較吴縝密耳。尚農近日在家管理地方上事，頗爲衆人信仰，而其讀書遠不如礪甫。諸從子中以礪甫爲最聰明。康侯、定侯、東發三人則東發爲聰明也。吾家書香不斷，固可喜也。輝再拜。此信笑話，幸勿示人。（一七〇・百五十七）

[一] 以下一百五十九字（不含標點），原札當標『百六十四』，誤標爲『百六十六』。

七十八（1918年9月19日）

柔甫仁兄同學左右：

前聞夫人之喪，不勝悼歎。弟三十年前亦過來人，此種凄涼景况固飽受也。後籐來遊中國，屬上海樂善堂主人介紹來見，袖出所書篆文稿本，中有疑問一一畣之，後籐忻然領悟。因其又受殷文之惑，故勸以治《説文》。録信二函均于字義大有關係。此二函已留稿，他日刻之文集中，自問可以爲後學南指。廿年以來，承貴國學士文人殷殷問學，弟隨問隨畣，不曾一字存留，大約絶無鑿空之談，亦不敢有杜撰之事。三十年前貴國止知有俞曲園，豈復知湖南尚有高于曲園者耶？

弟居蘇後，蘇人亦皆挽留，若深恐一旦回湖南者。惟遺老概不往來，所來往者皆讀書之士。瞿鴻禨、沈曾植一輩人，自復辟不成後，一則氣死，瞿。一則面死，沈。弟亦絶無往來。瞿死後，弟未作挽詩，此等人真不值一錢矣。弟本無東遊之志，今年天氣漸寒，畏出游，尤畏遠游。明年櫻花時節，或者其能踐約耶？手此，敬頌撰安。後籐信收到，已有回信矣。弟葉德輝頓首。戊午八月中秋。

（一七七・百六十四）

七十九（1918年10月27日）

柔甫仁兄同學左右：

奉日歷十月念日手書，得悉夫人身後事已完畢。尚農香奠、輓章均一一寄到。不腆之物略表吾輩交情，何足言謝？辛亥以來不與地方政府交涉，一意著書，頗覺心身安逸。丙辰回蘇後清理舊著各稿本，繕録成帙，不僅等身。弟於古學百家皆欲貫通，頗笑葵園專守一門之陋。湘綺詩文革命，其他考據之學又不及葵園。湘人當日以王、葉並稱，弟雅所不願。今二王死矣，弟亦遁迹故山，欲求如二王其人竟不可得。上海一繆藝風歸然靈光。如沈乙盦自命不凡，其實虚驕耳，不及藝風遠甚。自餘以詩文名者，直得謂之浮華之士，則又弟所卑之無甚高論者矣。

弟近又著一書，專言秦漢璽印條例，此即漢時繆篆之學，前人未甚發明，如元之吾邱衍、有清之桂馥雖有著書，未得其藩籬，安問堂奥？弟書若成，可以獨有千古。

又著星命書一種，尚未成書，亦未命名。辨正前人命書之謬誤，如十榦[一]以丙戊同生、丁己同生之類皆本《易》河洛之數，丙丁與戊己分離，此爲書中一大翻案之作。餘若古人以爲吉者，弟有見其爲凶；古人以爲凶者，弟又見其爲吉。其意以吉星不得力，不得謂之吉；凶神如有制轉，可謂之吉。大約先論理而後論數，以明儒家之言異于術士之言。古人如唐之韓愈、杜牧，宋之蘇軾，皆精于此學，斷非江湖術士之學可以并作一談者。弟自推壽命可比葵園，不能及湘綺。此二十餘年《説文解字故訓》一書必成，尚有餘力可作他種著述。惜閣下不得聚首以相切磋，此則大恨事耳。

鹽谷青山父子久未通書，所求青山翁作文亦非十分切要，

[一]『十榦』应爲『十干』。

大約遲遲未作者，有兩種因緣：一則家母事略多實事，既不能割棄又難于剪裁，此乃作桐城一派文者必窘手之事，以桐城能爲議論空文，一遇言漢學之文，便不能破空而行發抒己意，此其因緣一；又青山翁當稻田大教習，終日除星期外無暇爲文，而星期又不能不休息，年老之人精神總不如少年人之寬博，兼之青山父子皆世族，亦如中國人所謂有官氣者，其不能如寒酸之士以文爲性命，可知此其因緣二。彼既無信答復閣下，閣下亦可不催問矣。至閣下索弟親書，回寓一定寫寄。此時在上海，約兩星期即回蘇。今年恐又不能回湖南矣。此頌撰安。回信仍賜寄蘇州。弟葉德輝頓首。戊午九月二十三日。

（一八一・百七十）

八十（1919年3月21日）

柔甫仁兄同學執事：

去年臘冬往滬，久未回蘇。今年居蘇之日亦不多，以致兩奉手書，久稽裁荅也。時局擾攘蔓延地球，偃武修文恐難如

願。鄙人年來專求五行之學，非獨一人生死、富貴、貧賤、夭壽有命存焉，即大地劫運亦有一定之局。然孔子知命一生，知其不可爲而爲。釋氏亦知命，知其不可爲而即不爲。此孔子所以爲聖人高于釋氏一等也。往年推袁世凱命至丙辰必死。近年推段祺瑞命交酉運必死，明年庚申，後年辛酉，尤不利，然不及待也。今日段勢日蹙，恐鄙言又將驗也。鄙人自推一生福命不如文運，著書可以享大名傳之久遠，仕宦最不相宜，最可恨者不能得子孫之奉養。如尚農、習齋二子在吾家不失爲佳子弟，在鄙人實不得謂之肖子，則命爲之也。白岩因鄙人而致富，聞近年並棄日清公司總理而別圖銀行之股東。閣下相從八九年，仍然一寒儒，又中年喪偶，豈非命所前定耶？屬書幅久不報，甚歉！甚歉！此頌撰安。弟葉德輝頓首。己未夏正二月二十日。

（一八五・百七十四）

八十一（1919年9月9日）

柔甫仁兄同學執事：

久不奉書，正深馳繫，忽接瑶札，欣喜可知。示及貴恙耳疾漸已復元，尤爲快慰。茆山所著《支那文學概論》已由郵局寄來，校讀一過，尚稱博雅。惟吾國文學千門萬户，即本國文學中之巨子如長沙二王，江浙之繆、小山。沈，乙庵。皆不能原原本本、百學皆通，即乾嘉老輩如紀文達、昀。阮文達，元。可謂無學不通矣，然所著書如《四庫全書總目提要》、官書，紀文達總纂。《揅經室全集》，阮文達詩文。皆所謂知其當然不知其所以然。貴國雖同文之邦，于此事實不能詳盡。茆山著論乃一種教習材料，未足當箸作家也。

近日上海商務印書館股東張菊生託弟編一大部叢書，凡三百餘種，採取經史子集中之宋本、元本、明本、抄本、校本之精要者，照原書用珂羅印出。先定預約券千張，每張約二百數十元，分四期交洋，四期交書，以三年成功，從此人間不見之書皆可告之天下。其書借自東南各藏書家，俟目録印出奉寄。此書貲本須三十萬圓，較之黄丕烈《士禮居叢書》、孫星衍《岱南閣叢書》以木刻仿宋元猶不免于錯誤者，此則如東坡化身，無絲毫之不肖矣。

宋本仿刻《素問》不可得，《傷寒論》亦大佳，即乞爲弟代收寄蘇，其價若干，見示即付寄也。札後所問二事：一徐灝所箋《説文》，曾聞其世兄灝子一爲徐紹楨，即江蘇初次革命之統制；一湖南永順府知府，號公雅，弟識其人，今不知何往。云，似不能出乾嘉諸儒門户，此書廣西所刻，其刻手甚劣，然亦不可不一看也；一中國畫學源流，只散見唐宋以來畫家、收藏家所載之書，未有一專書可借考據，俟弟稍暇，開一書目寄上。弟《觀畫百詠》久已刻成，不知尚農何以不印。《書林清話》已刻好，亦未印。弟論畫主考據，主北宗，不喜大寫，不尚南宗。西洋古法與中國北宗相同，但不用鉤邊爲異耳。貴國畫學全是中國宋元以後法，未足攻取西洋也。此頌撰安。同學弟葉德輝頓首。己未閏七月十六日。

（一八七·百七十六）

八十二[一]

中日兩國交情最好注重『親善』二字，無如政府不體兩國人民之意，每每以急功近名爲經濟，以致十年之内迭起風波，其實人民損傷即國家損傷。貴國政府所行動又爲西洋各國所忌，無一毫可以實行，徒然使人民大傷交情，殊爲可惜。弟往日與駐湘武官所談之話若早施行，何至有今日之舉動。中國人民狡詐，地方寬大，又爲西洋各國消貨之場，豈高麗、印度、越南可比？此在貴國政府實可覺悟。今雖有貴國聯法、聯英共謀中國之説，其如各通商國何？又其如美國已非閉門之美國何？又安保德國不死灰復燃乎？

此次攻擊親日者全在學生，各色人民爲學生游説所動，故其風波較之乙卯年蔓延更廣更久，五分鐘熱度已加到十分。貴國政府如有覺悟，急宜于此時力反所爲，以圖後日共同振興東亞商務、抵制西貨起見，則兩國均受其益。如合夥開礦、合夥建鐵路，皆不至爲地方梗阻、爲西洋忌妒。貴國政府亦何樂不爲？今乃圖目前之小利，貽後患于將來，鄙意甚不謂然也。

至親善之道自宜以同文入手，同文尤以同學爲要。弟甚有主意，須白岩龍平面商，白岩到湖南開辦公司，即得其妙訣。此時中國政府頗厭學生，但口不能言耳。名前肅。

（一八八・百七十九）

[一] 此通與第六十六通皆提到『中日親善』問題，但所用信紙不同。現依信紙所標頁碼，暫繫於此。

八十三（1919年10月8日）

柔甫吾兄同學左右：

奉九月念四日書，藉悉近狀，甚慰！甚慰！商務印書館屬編之書名《四部叢刊》，凡四部，書三百餘種，皆借中國藏書家宋元明抄善本，以新法珂羅版照印千部，先發預約券，以資本須三十萬，每書一葉即版費亦須洋一圓，紙墨裝訂猶在外，故預約券亦在四五百元。然其中多人間未見之本，真奇特也。此時正在印書目，印成即以寄呈。弟著《書林清話》《觀畫百詠》，據尚農來信，中秋節後方能印書。《六書古微》錯字、脱文亦剜改補正，亦并印行。《經學通誥》又加改訂，今年必付刊。現著《星命真原》一書，專談命理，精研易學，欲探造化生人之原，將來改良人種之學大行，必得吾書爲之導引。近年爲人推命，十有九驗，而自推反不甚驗。此如醫生不能自醫，相法不能自相，其理一也。閣下何時來華，亟盼早駕。白岩近有書來，云十月至北京，十一月來上海。惟此時弟恐在湘，不相值耳。此頌撰安。弟葉德輝頓首。己未中秋節。

（二一四·二百三）

八十四（1920年3月13日）

柔甫仁兄同學執事：

頃奉日麻三月初六日賜書，知台從已就大連灣鐵路公司圖書館之事，雖南北相隔而音訊甚通，欣慰之至。鄙人回湘已經三月之久，急思回蘇，因家事未妥，尚未有定期，大約中麻三月可以脱身矣。承詢中國舊籍，一時非有巨款未易購四部十分之二三。敝處觀古堂所藏乃先祖、先父所留貽，鄙人收買三十餘年始得稍稱完備。觀古堂目所載不過十分之六七，其間漏載及近年所得者又增至數萬卷，此固非一朝一夕之故也。拙箸、拙刻各書已命尚農清檢，價目亦命其寄呈。《書林清話》尚未補校完工。《六書古微》已修改脱訛，正在籌畫開印矣。尚農久客漢口，去年年盡始歸，想時有信奉達也。手復，敬頌撰安。弟葉德輝頓首。庚申夏正正月廿三日。

（一九二·百八十一）

八十五（1920年4月11日）

柔甫仁兄同學閣下：

奉日麻四月一日手書，藉悉起居百福，圖史游優，忻慰之至。茚山得文學博士，當由所著《支那文學概論》一書得來。他日閣下以小學名家，亦當繼茚山而得此一席。鄙人尚有陰陽五行之學，可以決勝負于西人近日靈學與預言諸小家。其他經學則固平生根柢所在，亦可傳衍于貴國，惜乎視小學爲更難也。《六書古微》從前校讎疏忽訛脱太多，今已一一補正，正在印行，俟裝訂再奉數部，以供貴同志友人研究。去年在蘇著《秦漢印璽舉例》一書，專論秦漢印文、繆篆，此亦前人所未精考者。弟于學問一道，好爲人所難爲，若湘綺、葵園二王先生一杜撰、一抄胥，皆鄙人所薄爲者也。手復，敬頌著安。同學弟葉德輝頓首。中厤二月廿三日。（一九四・百八十三）

再啓者[一]，弟生平於經學、小學外，以陰陽五行之學爲最精。小學《六書古微》已經校正，奉寄四部。此唐宋以來學者所未通貫者，惟弟以神悟得之。此書在中國惟章太炎能知，餘者不能也。閣下于小學《説文》實僅得十之五六，此弟歉然于心者。鹽谷之于曲學更少，而乃得選文學博士，何也？

弟去年推段祺瑞命運將終，今自張敬堯失敗，段派失一大勁旅，據星命論，段祺瑞恐不久于人世。徐總統今年陰厤十月以後交七殺運，亦大不利，中原恐從此自相瓜分矣。近來張作霖入京，復辟之謡又大作，然嘗推宣統命，實係天子之貴，惟幼年行運不佳，故擁此虛位，將來終須一登大寶。但據四柱論，年、月、日、時爲四柱。太陽太多，恐須英、日兩君王國相助，始得成功耳。

尚農又生一兒，命造極好，然是武官，恐不能繼書香。尚農無一事能步弟武，惟此事則勝乃翁，可發一笑也。《書林清話》已印出，此時兵戈擾攘，恐家中無心檢點矣。再頌台安。輝再拜。（二〇二・百九十一）

八十六（1920年6月20日）

柔甫仁兄同學大人閣下：

弟自去年回湘，于今年南北戰事起，訖于張敬堯出走，看完皖直之争，于中厤四月廿六日乘輪船赴漢，廿七日抵漢，廿八日附江輪，于五月初二日到上海，初四日回蘇寓。

此次南軍爲直系人傀儡，因仇段而並仇日，貴國人均紛紛屯聚城外，各公司由兵艦登岸保護，弟臨時聞日清公司武陵被南軍劫掠，又有三井二户被害之謡，報紙未詳言，不知始

[一] 以下文字，原札序號爲『百九十一』『百九十二』。

末也。舍間貴國人不能保護，只得聽之。尚農與南軍領袖諸人向有來往，如易吟村、粟麥生皆在其内，或不至有危險也。尊屬書條乃親書，屬尚農寄尊處。但未寫己詩，以幅太小耳。張敬堯之爲人不如報紙詆誣之甚，弟相處數月，所言民生疾苦、吏治設施無不言聽計從，地方頗受其福。惟將兵、將將各有專長，張敬堯乃偏裨之材，此次戰事實有措置乖方之處，兼之直系軍隊向與南通，臨時亦有湘中老紳士爲之進言，勸其防範，免蹈傅良佐故轍，張敬堯頗不謂然。蓋直系如李奎元、張宗昌兩師平日對張敬堯極恭順，亦極服從，張敬堯信之不疑，以爲可恃。及戰事方起，張宗昌中立之通告出矣，李奎元主和之言論出矣，張敬堯以七八萬新舊相雜之兵聚于衡、寶兩處，張、李後援既不可恃，一經小敗，軍心動摇，南軍節節進攻，張軍節節退縮，此真一場笑話，未有用兵如此之易敗者也。此後皖直争戰，恐無已時。姑舉近事，備公新聞紙料。手此，敬頌台安。弟葉德輝頓首。庚申端午。

（一九六・百八十五）

八十七（1920年7月2日）

柔甫吾兄同學左右：

到蘇奉寄一書，頃得陽六月念七復函，知有信到湘，弟已離身，想舍間必收到矣。此次南軍無非土匪，凡與貴國人來往及張敬堯相識者，一概斥爲賣國賊，藉端搶掠，舍間亦危險異常。老母、尚農現避居漢皋，惟有焦悶。弟生性曠達，如有意外，是圖書之劫，非舍間之劫也。南軍不聽中央指揮，陸榮廷卻可遥制。昨夜發急電至京，託傅增湘、柯紹忞入府見總統請其轉岑、陸，再電湘桂軍首領保護，以徐總統與岑、陸未傷感情也。又一電託張勳，請其電陸，飭在湘桂軍保護。張、陸交情最親，如有一電得效，或可保存，否則廿萬卷之藏不可恃矣。南軍戕害貴國大津氏，此當與岑、陸或譚延闓交涉，乃向中央抗議，此誠不可解之事。鄙意貴國兵艦三四泊長沙，如以此要挾南軍，弟亦可以暗託庇護，乃計不出，此可見貴國外交不做正面文章。長沙領事池永人無大能，弟在蘇即相識，去年回湘，亦嘗見談此事，殊不了了。倘閣下在湘，或猶可以施一手段，今則古川一千實不中用也。自經此次變亂之後，如果書未搶散，弟一定將全分出賣，以免久放湖南，屢經危險。

《秦漢印璽考》稿本未寫清，此書成亦極難，以一印即有一印之體勢，非將原印模形不能明白。此如《古錢考》一書其難着手相同。弟精力尚强，家事日迫，有著書之力，恐無刻書之貲矣。此頌撰安。藝風去年十月作古，弟已回湘。弟葉德輝頓首。夏正五月十七日。陽厤七月二日。（一九九・百八十八）

八十八（1920年7月8日）

柔甫仁兄同學左右：

在蘇得復書，旋又奉上一函，計已早邀台覽矣。尚農現奉母親僑居漢口，礪父在湘守住宅藏書。皖直之争息，湘桂之争又來，長沙終不能免于兵禍。據礪父來書，所藏古錢意擬出售，不知貴友中有此癖好者否，屬一問閣下也。弟藏書亦擬出售，但不求速，亦請閣下留意。弟書與藏宋元本者不同，以四部之書完備，元明本亦甚多也。《書目答問》所載之書千中少一二，其多出者更不論矣。此頌撰安。同學弟葉德輝頓首。中厤庚申五月廿三日。（二〇四・百九十三）

八十九（1920年7月18日）

柔甫仁兄同學執事：

頃奉陽厤七月十二日書，內附小説目録一本，此皆社會小説，在中國無討論之價值。作者姓名多係隱語，亦從無人考據。近兩年上海商務印書館編行《東方雜誌》，每月出一册。中有《小説考》，皆著名之小説，非此等之小説。此等小説多出于明清兩朝，專爲粗通文理之人便于閱看，其中捏造影射不盡可稽，故目中所載各書向爲通人所不齒者。小説，唐人所著者文詞最美，別有一種風旨。四庫擇其尤雅者收之，餘則散見明人《古今説海》《文房小説》等書。弟所刊《唐人小説六種》專述唐明皇始終本末，此近于雜史一類，全有根據，並不荒唐。宋人小説今所存者《宣和遺事》、士禮居刊。《五代史平話》、近有刊本。《京本小説殘卷》、繆小翁。弟所刊《海陵王荒淫》，去年以一册奉寄，此亦京本小説中之一種也。此爲平話小説，專爲説書人如明柳敬亭其人者。生計之作，其言亦據實指陳，意存諷勸，此與唐人小説別爲一體。元人雜曲盛行，此等小説遂無人更撰，以其時士大夫皆重雜曲故也。湘省安靖，終歸于亂。巁甫古錢，貴國人有癖此者，願以出售，乞代留意焉。可介紹往湘省一看，或令其寄來上海。此頌撰安。目一本并繳呈。弟葉德輝頓首。中厤六月初三日。

（二〇五・百九十四）

九十（1920年8月1日）

柔甫仁兄同學左右：

前奉書即裁復，計已早邀台察矣。此次湖南變亂牽動北京，皖直之爭暫時了結，弟屢言段祺瑞今年交酉運大不利，且死期至矣。今不幸言中。閣下謂弟五行之學如何？再有一事預言，徐世昌今年九月以後亦必失敗，其命造因衝得合，乙卯、丙戌、癸酉、丙辰。又有二德扶身，一生無災無難到公卿，遭逢袁世凱帝制不成，又如柴世宗之爲郭雀兒繼子，利用安福系登此大寶，今背安福而得奉直二軍之力，意欲得羅斯佛之前程。無如九月以後交行殺運，所謂前門拒虎後門進狼之計畫，必于此時内訌矣。尚農奉母親居漢口，暫時過夏，不回湘也。《書林清話》印成在湘，閣下如需閲甚急，可寄信尚農或礪父，必能寄到也。此次湘亂，家中書籍幸託平安，然譚延闓不能久于其位，命造無結局，以下行運皆不吉。非湘與湘争，即湘與桂争，終無乾淨土也。手此，敬頌撰祺。同學弟葉德輝頓首。中厤庚申六月十七日。

（二〇七・百九十六）

九十一（1920年8月14日）

柔甫吾兄同學左右：

安福夫敗，罪魁十人，有煌煌之命令通緝。究竟辛亥以來凡被罪魁之名及有通緝之案者，不過四五年間又翻身而登戲臺，癸丑之孫文、岑春煊，丙辰之周自齋、梁士詒、朱啓鈐，丁巳之張勳、康有爲，今固出入南北之間，姓名時見于命令、報紙者也。今日被緝之人即當日緝人之人，報應循環古今未有如此之速者。長沙紙幣仍出發，南軍四五萬之多，此舉在城内者。均仰給于此。礪甫來信，近日似就平安。桂軍以粤事亦回。本省學生排日之風更熾，商人本非所願，迫于愛國大題目，不得不勉力支持，又有英美人爲學生後援，勢更不可遏止。弟乙卯任教育會長時即不能不隨聲附和。所以去年回湘，張敬堯及學堂校長、教員皆仍以會長相推，弟力辭不就，正爲此事難于應付也。英美各貨既不來華又復價貴，徒然嫉妬，挑起學潮、政潮，殊不可解也。此頌撰安。

弟葉德輝頓首。中麻七月初一日。

（二〇九・百九十八）

九十二（1920年9月6日）

柔甫仁兄同學執事：

日昨得陽麻八月念一日手書，因抄録星命書，一切友人來往書均未答復。此時書已告成，不久即可刊出，亦如六書之學沉晦數百年，自鄙人箸書出而後大放光明也。《書林清話》已三次校改，三月在湘曾印三十部，亂時未得帶來，曾屬尚農寄贈一部，不知寄到否？尚農爲人慈善，恨太無材，所識古川遠非閣下之比。礪甫又過於精明，不免近於刻覈，惟讀書考古爲諸子之冠。近令其同康侯、定侯、東明三子撰《四庫全書目録板本考》，此書有成，亦於中東文籍大有關係也。湘中南軍凶焰方張，譚延闓不能駕馭。三井大板被害一案，長沙領事交涉斷不能有結果。自張敬堯去後，排日之風日熾一日，貴國政府不以義正詞嚴爲主見，但以詭譎埋詐[一]爲陰謀，以致中人惡感日深，排日學潮官不能禁，仇殺之案蔑視拖延，此令人最不可解者也。岩崎家中宋本《説文》爲孫星衍平津館刻本之祖。去年託白岩子雲向岩崎男爵借出影印，彙入《四部叢刊》，又照原書大小單印入于《續古佚叢書》，從此中日兩國講求小學者不至誤入歧途，不得謂非鄙人之功也。弟深恨初印《六書古微》散出百餘部，未從孫本一律。去冬回湘改定之後，曾寄四

［一］『埋』字承薛龍春教授幫助辨識，在此致謝。但『埋詐』一詞甚少見。

部贈閣下，然尚有三四處錯誤須再改也。向來西洋各國惟德、法兩國酷好中學，是以兩國之人都將宗教迷信打破。今法國之買中國四庫書猶其後焉者也。橋川時雄君尚未來滬，并聞。即頌撰安。弟葉德輝頓首。中麻庚申七月廿四日。

（二一一·二百）

九十三（1920年9月27日）

柔甫仁兄同學執事：

兩奉寓書並附北京日使館西田畊一函，均誦悉。弟北行約在重陽前後，住亦不過三星期，仍返蘇也。住西城廣寧伯街西口外半截胡同一號蔡宅，乃一門生在交通部者也。商務印書館從岩崎家借得汴宋刻《説文解字》，已經影摹，此即孫星衍所據原書，從此中外得見廬山真面，則亦鄙人之功也。瞿止盦相國詩已印出，商務印書館寄售每部洋二元，其詩甚佳，不類其爲人也。手復，敬頌撰祺。弟葉德輝頓首。庚申中秋後一日。

（二一六·二百五）

九十四（1920年10月10日）

柔甫仁兄同學執事：

旬日彼此未遞信函，時深馳繫。弟擬北行之意已久，因長沙新印各書尚未寄到，故爾遲遲。承介紹西田畊一書，藏之秘笥，未敢出以示人也。拙箸《觀畫百詠》已印出，不知尚農曾寄贈一册否？此書於古畫源流、南北宗派，參之《消夏百一詩》，固前人未有之作。惜乎古畫日亡，無人取證耳。報載張敬堯已入青島，請探其住址地名，弟欲通問也。此頌台安。弟葉德輝頓首。中麻八月廿九日。

（二一七·二百六）

九十五（1920年10月12日）

柔甫仁兄同學執事：

日麻十月十日有書致左右，曾詳述一切。是日適得尊處十月四日信函，知文史優游，極爲欣慰。宋刻《説文解字》中國向有二部，皆乾隆時段玉裁撰《汲古閣説文訂》所借校者也。其後一歸山東楊以增海源閣，一歸湖州陸心源皕宋樓。陸書售與貴國岩崎，此弟所以託岩崎小彌借與商務印書館印入《四部叢刊》者。山東楊氏所藏現尚封秘，其家宋本書尚多，因止孀婦孤兒，久無搢紳先生與之往來，鼠飽蠹傷，聞已損毀不少，真可恨也。此次《四部叢刊》傳出多少宋本，《孟子》趙注、宋人注《易林》皆前人所未見者，其集部足本尤多。今中央已有命令印《四庫全書》，皆因此發端者也。但四庫未收之書甚多，此事繆藝風已故，非弟不能總裁。弟詩無一册之存，曾記長沙尚有印本，可向尚農、嶠甫函索之。《瞿文慎詩集》聞商務印書館出售，或向其世兄希馬索取，係以手書稿本付石印。平時與之往來，以爲一富貴宰相，初不知其詩如此之工，其詩不及張文襄之洞。而遠出張文達百熙。之上。弟每言作詩難，傳詩尤難。弟之詩不能獨傳，只可附各種箸書以傳。張文達[一]則可以詩傳，瞿文慎次之。瞿之詩透入第二層，張文達[二]詩則到第三層，若張文達僅皮毛耳。王葵園詩又在張文襄之上，與王湘綺派別不同而皆獨有千古。沈乙庵、陳散原之貌似山谷，陳文亦如此，恐遠不[三]吴㲋夫。直可斷其人死即詩亡，若有他種箸作或不十分泯没耳。

弟因候長沙寄書，北行尚無定日。北方學者近止柯鳳蓀一人。王樹枏一村學腐儒，袁世凱、徐世昌謬相推崇，乃鄉曲之見，猶之以顏習齋名元。配享聖廟，真令人思之欲嘔。《書林清話》《觀畫百詠》久已印出，不知尚農曾寄一部否？弟帶十部來蘇，已送友人盡矣。今日弟所心許者：南方一章太炎，北方一柯鳳蓀。然于經史詩文外，他部學問安有弟得之多？章議論駁雜，箸書零星，以此大才不作一正經大部書，殊不值也。手此，敬頌撰安。同學弟葉德輝頓首。庚申中厤九月初一日。

（二一八·二百七）

[一]『達』疑爲『襄』之誤。
[二]『達』疑爲『襄』之誤。
[三]疑漏寫『如』字。

九十六（1920年10月27日）

柔甫吾兄同學左右：

頃接尊處十月二十一號惠書，得悉一切。張督未入青島，想仍在漢口羈留。北京印《四庫全書》委之朱啓鈐，此亦無甚相背。蓋印書與修書不同，修書是儒臣之事，印書乃工匠之事。朱啓鈐爲瞿中堂之姨姪，中堂夫人之妹之子。瞿氏歷任學政，皆爲之賬房，管理銀錢，買辦物件，待之若奴隸，彼固安然受之。後夤緣入徐世昌之門，轉薦于袁世凱，喜其能供奔走，故信用之。牛馬不識字能任重致遠即是良材，我輩只能修書，不能印書，故印書委之朱啓鈐，正用得其材耳。《四部叢刊》乃四庫之精華，萃中國之第一善本彙聚于一方，又能不失原書形式，且多四庫未收之書或收而非足本、善本，如《孟子》《説文》《易林》皆前人所未見之古本，真寶笈也。瞿中堂詩聞商務印書館寄售。張文達詩身後以活字板印行，在湖南或可向其家中索取，外間書坊固無售處。柯鳳孫著有《新元史》，曾用活字印行五百部，每部價洋二十元，聞京師尚有買。去年徐世昌又出八千圓洋爲之刻板，不知刻成否？此《元史》較廿四史中《元史》特詳，蓋十代大著作也。

江蘇督軍李純死出意外，曾推其星命，今年四十六歲，正行庚運，又行年是庚申，其八字爲乙亥、年。乙酉、月。己卯、日。庚午，時。傷殺相鬬，照推命之説本不得善終，其死也可疑，報紙喧傳恐有因也。弟北行未定程期，屆時有書奉告。六休有伊藤博文之志，我謂其爲劉秉春、姚廣孝也。此頌撰安。

同學弟葉德輝頓首。庚申九月十六日。

（二二二·二百十一）

九十七（1920年11月20日）

柔甫吾兄同學左右：

前奉書未復，昨橋川時雄君來蘇過訪敝齋，袖出手函，得悉近狀。橋川英年好學，知吾兄取友必端，惜時日無多，不能暢談久坐耳。臨行時贈以《六書古微》一部，知吾兄於此學用功至深。又詢及鹽谷温得博士之官，若深以爲榮幸之事。大約博士一位在貴國爲極清貴之官，鹽谷文學世家，得之似易，在他人或不易得耶？橋川未來之前一日，有太田正雄持名片來見，詢及與兄是否相識，答言不知。詢及橋川，則云同在南京約同來蘇，因未同車而行，故彼此相左。其人爲醫學士，工于畫像，爲弟畫像頃刻而成，詢之同居人，皆云形貌酷似弟。贈以《六書古微》一部、《觀畫百詠》一部，歡喜致謝。後詢橋川，乃知爲貴國近來有文名之人，工爲日本國文、國詩，太田正雄乃其正當名姓，又別名木下杢太郎，言貴國文人無不知其名者，當不虛也。徐樹錚脱逃極可笑。肅王向吾兄借書讀亦可笑，皆滑稽劇也。此頌撰祺。弟葉德輝頓首。中麻庚申十月十一日。

（二二五・二百十七）

附：楊樹達致松崎鶴雄書札（1927年5月29日）

柔甫先生左右：

醉軒兄處遞到手教並承賜喘息藥物，至感至謝。郎園先生事數月前即有風傳，後知其不確。最近果爲亂民所執，弟有家書已言之。被難之説，弟尚未直接得信。昨日家兄家兄去年來京。晤見蕭子昇君，云易寅村在漢口有信與蕭君，已證實其事。並云易君早勸先生他避，先生不肯云云。據此，事近真確，痛心之至。弟初以寅村諸君在湘必可無事，故未緘請先生北來。乃寅村他適，湘中社會大亂，竟令先生遭此不幸，曷勝愴痛！

鹽谷君近恒通信否？君前託一生徒持信見訪，適弟往郊外，兩來均未得見。携來書籍未獲收受，故無以奉答。君似欲弟代考彼著書中所稱引之姓名，弟因未得原書，不知爲何人，乞告君望仍將其著述見寄一份。如弟有所知，當作書告之也。耑復，即頌著安。弟樹達再拜。四月廿九日。

（二二七）

《國家圖書館藏未刊稿叢書》總目

日記編

黄陶樓先生日記（全二册）（清）黄彭年 著　樊長遠等 整理

張叔未日記（外六種）

張叔未日記（清）張廷濟 著　陳紅彦　樊長遠 整理

舊山樓日記（清）趙宗建 著　肖　剛 整理

非昔居士日記（清）趙宗建 著　肖　剛 整理

庚子非昔日記（清）趙宗建 著　肖　剛 整理

壺中日記（清）葉　鈞 著　肖　剛 整理

東洲草堂日記（清）何紹基 著　曹菁菁 整理

顔脩來日記（清）顔懋价 著　杜　萌 整理

笘誃日記（清）江　標 著　樊長遠 整理

書札編

張蔭桓致劉毓森書札　龔易圖致劉毓森書札

（清）張蔭桓　龔易圖 著　董馥榮 整理

袁昶友朋書札（全六册）（清）袁　昶 輯　謝冬榮等 整理

王懿榮往還書札（外三種）

王懿榮往還書札（清）王懿榮等 著　蘇揚劍 整理

藝風堂同人尺牘（清）惲祖翼等 著　謝冬榮 整理

黄子壽先生遺札（清）黄彭年 著　杜　萌 整理

趙宗建友朋書札（清）趙宗建等 著　彭文芳 整理

葉德輝致松崎鶴雄書札　葉德輝 著　孫　俊 整理

國家圖書館藏清代名家尺牘法書選刊（全十六册）

白謙慎　薛龍春 主編

金石題跋編

國家圖書館未刊石刻題跋輯録　盧芳玉 整理

小蓬萊閣金石目（清）黄　易 著　盧芳玉 整理

題贊手卷編

明渤海孫氏積善堂題贊手卷　田曉春 整理

中法漢學研究所編

燕京傳薪録
——中法漢學研究所未刊稿研究
孫　俊　程天舒　林世田等 編著

著作編

周易注疏校勘記（全二册）（清）阮　元 總纂

讀相臺五經隨筆（全二册）（清）周廣業 著

經義述聞（全九册）（清）王引之 著

經義考異（清）方　邁 著

國語解訂譌（外三種）

　國語解訂譌（清）孔繼涵　孔廣栻 輯校

　白虎通義校稿（清）吴　騫 輯

　古小學書鈎沈（清）陳　鱣 輯

　聲系（清）陳　鱣 著

説文解字考異（全五册）（清）姚文田 輯

四庫全書表注（全二册）（清）李文田 著

登樓雜記（全三册）（清）錢　泳 著

蛾術編（全十册）（清）王鳴盛 著

籀鄦簃雜著（全三册）（清）王仁俊 著